슬픔이 주는 기쁨

슬픔이 주는 기쁨

알랭 드 보통

정영목 옮김

청미래

ON SEEING AND NOTICING

by Alain de Botton

Copyright © 2005 by Alain de Botton
All rights reserved.
Korean translation copyright © 2012 by Cheongmirae Publishing Co.
Korean translation rights arranged with UNITED AGENTS LIMITED
through EYA Co., Ltd.

역자 **정영목**

서울대학교 영문학과를 졸업했다. 현재 이화여자대학교 통번역대학원 번역학
과 교수이며 전문 번역가로 활동하고 있다. 도서출판 청미래에서 번역, 출간한
책으로는 『왜 나는 너를 사랑하는가』, 『공항에서 일주일을』, 『행복의 건축』,
『여행의 기술』 등이 있다.

슬픔이 주는 기쁨

저자 / 알랭 드 보통
역자 / 정영목
발행처 / 도서출판 청미래
발행인 / 김실
주소 / 서울시 용산구 서빙고로 67, 파크타워 103동 1003호
전화 / 02 · 739 · 1661
팩시밀리 / 02 · 723 · 4591
홈페이지 / www.cheongmirae.co.kr
전자우편 / cheongmirae@hotmail.com
등록번호 / 1-2623
등록일 / 2000. 1. 18
초판 1쇄 발행일 / 2012. 2. 15
제2판 1쇄 발행일 / 2022. 12. 20
     4쇄 발행일 / 2024. 7. 30

값 / 뒤표지에 쓰여 있음

ISBN 978-89-86836-85-1 03840

차례

슬픔이 주는 기쁨

화가 에드워드 호퍼의 그림은 슬프지만 우리를 슬프게 하지는 않는다. 이런 범주에 드는 다른 분야의 예술가로는 바흐나 레너드 코언을 들 수 있을 것이다. 호퍼가 표현한 예술의 중심 주제는 외로움이다. 호퍼의 인물들은 집에서 멀리 떠나온 것처럼 보인다. 그들은 호텔 침대의 가장자리에서 편지를 읽거나 바에서 술을 마신다. 창밖으로 지나가는 기차를 물끄러미 바라보거나 호텔 로비에서 책을 읽는다. 상처를 받은 듯이 자기 내부를 응시하는 표정이다. 방금 누군가를 떠나왔거나 떠나보낸 것 같다. 그들은 일이나 섹스나 친구를 찾아 오래 머물지 않을 곳에서 떠돌고 있다. 시간은 주로 밤이다. 창문으로는 어둠이 다가오고, 넓은 시골 또는 낯선 도시의 위협이 그 뒤에 도사리고 있다. 호퍼의 그림들은 황량함을 묘사하지만, 그림 자체가 황량해 보이지는 않는다. 그림을 보는 사람이 그 속에서 자신의 슬픔과 실망의 메아리를 목격하고, 그럼으로써 혼자서 감당하던 괴로움과 중압감으로부터 어느 정도 벗어나게 되기 때문인지도 모른다. 어쩌면 우리가 슬플 때 우리를 가장 잘 위로해주는 것은 슬픈 책이고, 우리가 끌어안거나 사랑할 사람이 없을 때 벽에 걸어야 할 것은 쓸쓸한 도로변 휴게소 그림인지도 모른다.

「자동 판매식 식당」(1927)을 보면, 여자가 혼자 앉아 커피를 마시고 있다. 늦은 시간이다. 여자의 모자와 외투로 보건대 밖은 춥다. 실내는 넓고, 불이 환하고, 텅 비어 있는 것 같다. 장식은 기능적이다. 돌을 얹은 탁자, 튼튼하게 만든 검은 나무 의자, 하얀 벽. 여자는 사람을 꺼리는 듯하고 약간 겁을 먹을 듯한 느낌도 든다. 그녀는 공공장소에 혼자 앉아 있는 것에 익숙하지 않은 것 같다. 뭔가 일이 잘못된 느낌이다. 그녀는 자기도 모르는 사이에 보는 사람에게 그녀와 관련된 이야기, 배신이나 상실의 이야기를 상상하게 만든다. 그녀는 커피를 입으로 가져가면서 손을 떨지 않으려고 애를 쓴다. 북아메리카의 어느 큰 도시의 2월의 밤 11시쯤일 것 같다.

「자동 판매식 식당」은 슬픔을 그린 그림이지만 슬픈 그림은 아니다. 이 그림은 위대하고 우울한 음악 작품과 같은 위력이 있다. 실내장식은 검박하지만, 장소 자체는 궁색해 보이지 않는다. 그 안에 있는 다른 사람들 역시 혼자일 수도 있다. 이 여자와 비슷하게 생각에 잠겨, 이 여자와 비슷하게 사람들과 거리를 두고 혼자서 커피를 마시는 남자들과 여자들. 일반적으로 공동의 고립감은 혼자서 외로운 사람이 느끼는 압박감을 덜어주는 유익한 효과가 있다. 호퍼는 고립되어 있는 이 여자와 공감해보라고 우리에게 권유한다. 그녀는 위엄 있고 관대해 보인다. 어쩌면 지나치다 싶을 정도로 남을 잘 믿고, 조금은 순진할지도 모르겠다. 그러다 세상의 뾰족한 모서리에 부딪힌 것인지도 모른다. 호퍼는 우리를 그녀 편에, 내부인들과 대비되는 외부인들 편에 세운다.

도로변의 식당이나 심야 카페테리아, 호텔의 로비나 역의 카페 같은 외로운 공공장소에서 우리는 고립의 느낌을 희석할 수 있고, 따라서 공동체에 대한 느낌을 다시 발견할 수 있다. 가정적인 분위기의 결여, 환한 불빛, 익명의 가구는 흔히 거짓으로 느껴지기도 하는 가정의 위안으로부터 구원을 얻을 수 있는 통로로 여겨질 수도 있다. 익숙한 벽지와 액자의 사진들─우리를 실망시킨 피난처의 장식

품 — 이 있는 거실보다는 이곳에서 슬픔에 무너지는 것이 더 편할 수도 있다. 호퍼의 그림에 나오는 인물들은 가정 자체와 대립하는 사람들이 아니다. 단지 여러 가지 규정할 수 없는 방식으로 가정이 그들을 배반하여, 그들을 밤이나 도로로 내몰았을 뿐이다. 24시간 식당, 역의 대합실, 모텔은 고귀한 이유로 일상 세계에서 가정을 찾지 못한 사람들 — 보들레르라면 시인이라는 경칭으로 명예를 베풀었을 사람들 — 을 위한 성소이다.

위대한 화가와 만나서 얻을 수 있는 부수입은 그들의 그림 덕분에 이 세상에서 화가가 예민하게 반응을 보였을 만한 장소들이 눈에 들어오게 된다는 것이다. 우리는 호퍼적이라고 부를 만한 장소에 민감해진다. 이제는 호퍼 자신이 찾았던 북아메리카의 여러 곳뿐만이 아니라, 세계 어디든 모텔과 휴게소, 도로변 식당과 공항, 버스 정류장과 심야 슈퍼마켓이 있는 곳에서는 호퍼적인 장소를 찾아볼 수 있다. 호퍼는 "주변적인" 장소들, 집과 사무실 너머에 있는 건물들, 특별한 종류의 소외된 시정詩情을 느끼며 지나치게 되는 곳들을 제재로 삼는 미술 유파의 아버지이다. 우리는 안드레아스 구르스키와 해너 스타키의 사진들, 빔 벤

데르스의 영화와 토머스 베른하르트의 책 이면에서 호퍼의 존재를 느낄 수 있다.

어느 날 저녁 런던과 맨체스터를 잇는 고속도로의 휴게소에서 호퍼적인 것을 발견했던 기억이 난다. 객관적으로 말해서 아름다운 건물은 아니었다. 조명은 무자비하여 그곳의 창백함과 흠을 있는 그대로 드러냈다. 유치한 밝은 색으로 칠해놓은 의자나 좌석들에서는 억지웃음과 같은 긴장된 명랑함이 느껴졌다. 휴게소 안의 누구도 이야기를 하지 않았다. 아무도 호기심이나 동료의식을 인정하지 않았다. 우리의 텅 빈 눈길은 서로를 지나쳐 음식이 나오는 카운터를 향하거나 바깥의 어둠을 향했다. 마치 바위들 사이에 앉아 있는 것 같았다. 나는 한쪽 구석에 앉아 손가락처럼 생긴 초콜릿 바를 먹으며 이따금 오렌지 주스를 홀짝거렸다. 외로웠다. 그러나 부드러운, 심지어 유쾌하다고 할 만한 외로움이었다. 웃음소리와 동료애를 배경으로 펼쳐지는 외로움이 아니었기 때문이다. 만일 그랬다면 내 기분과 주위 환경 사이의 대조로 인해서 괴로웠을 것이다. 그러나 이곳에서의 외로움은 모두가 나그네인 곳, 의사소통의 어려움과 사랑을 향한 좌절된 갈망이 건축과 조명에 의해서 인정을 받고 또 잔인하게 기념되는 곳에서 피어올랐다.

휴게소를 보면 늘 호퍼의 「주유소」가 떠오른다. 이것은 그보다 13년 전에 그려진 「자동 판매식 식당」과 마찬가지로 고립에 관한 그림이다. 곧 다가올 어둠 속에서 주유소가 홀로 서 있다. 호퍼의 손을 거치면 이 고립은 다시 한번 강렬한 매력을 발산한다. 캔버스의 오른쪽으로부터 안개처럼 펼쳐지는 어둠, 공포의 전조는 안전해 보이는 주유소와 대조를 이룬다. 밤과 야생의 숲을 배경으로 한 이 인간 세계의 마지막 전초 기지에서는 도시의 낮빛 속에 있을 때보다 더 쉽게 친족 같은 유대감을 형성할 수 있을지도 모른다. 인간의 작은 욕망과 허영의 상징인 커피 자판기와 잡지들은 바깥의 드넓은 비인간의 세계, 이따금 곰과 여우의 발에 나뭇가지가 부러지는 소리가 들려오는 넓디넓은 숲과 대립하여 서 있다. 올 여름에는 손톱에 자주색을 칠하는 것이 유행할 것이라는 주장 ─ 한 잡지 표지에 굵은 분홍색 글자로 적혀 있다 ─ 이, 새로 볶은 커피 원두의 향을 맡아보라는 커피 자판기 위의 권유문이 왠지 감동적으로 느껴진다. 도로가 가없는 숲으로 들어가기 전에 이 마지막 정거장에서는 우리가 다른 사람들과 공유하는 것이 우리를 서로 갈라놓는 것보다 더 크게 느껴질 수 있다.

호퍼의 작품은 잠시 지나치는 곳과 집으로부터 멀리 떨어진 곳을 보여주는 것 같지만, 가만히 보고 있노라면 우리는 마치 우리 자신 내부의 어떤 중요한 곳, 고요하고 슬픈 곳, 진지하고 진정한 곳으로 돌아온 듯한 느낌을 받는다. 이것이 호퍼의 작품이 가지고 있는 묘한 특징이다. 그의 작품은 우리가 우리 자신을 기억하는 것을 돕는다. "우리 자신"을 잇는 것이 어떻게 가능할까? 문제는 실제적인 자료를 말 그대로 잊는 것이 아니다. 우리 자신의 완결성이나 행복의 느낌과 관련이 있는 것으로 보이는 우리 내부의 어떤 특정한 부분을 잊는 것이다. 우리는 여러 가지 많은 자아를 가지고 있지만, 그 모두가 똑같이 "나"로 느껴지지는 않는다. 우리는 외모에서 이런 분열과 가장 분명하게 마주치게 된다. 우리는 사진사가 찍은 인물이 우리의 이름을 가진 존재와 어떤 관계가 있기는 하지만, 우리가 동일시하고자 하는 분위기나 태도와는 거의 관계가 없다고 느끼는 경우가 많다. 심리에서도 이와 같은 일이 일어난다. 우리 정신의 내부에도 서로 다른 사람들에게서 나온 것처럼 느껴지는 생각이나 기분이 공존하는 것을 의식할 수밖에 없기 때문이다. 이런 내적인 유동성 때문에 우리는 이따금 어떤 초자연적인 것을 끌어들이지 않고도, 우리가 우리 자신이 아닌 것 같다는 느낌이 든다고 말하곤 한다.

어떤 그림을 볼 때 우리는 그것이 우리에게 중요하기는 하지만 일상생활에서 다다르기는 힘들다고 생각하는 경우가 있다. 그래서 그런 그림이 담긴 엽서를 사서 책상 위의 눈에 잘 띄는 곳에 올려놓기도 한다(내가 호퍼의 그림들을 여러 번 그렇게 했듯이). 그 그림을 우리가 되고 싶은 사람, 마음속 깊은 곳에서 바로 나 자신이라고 생각하는 사람의 감정적 질감을 보여주는 상징으로, 어디에나 존재하는 견고한 상징으로 삼으려는 것이다. 우리는 매일 그 그림을 보면서 그 특질이 조금씩 벗겨져서 우리에게로 오기를 바란다. 우리가 그 그림에서 반기는 것은 제재라기보다는 분위기이다. 색과 형식을 통해서 전달되는 감정적 태도이다. 물론 우리는 그런 감정으로부터 멀리 쓸려내려갈 것임을 안다. 그림이 전하는 분위기를 계속 유지하는 일이 가능하지도 않을뿐더러 현실적이지도 않다는 것을 안다. 우리가 여러 사람 노릇을 해야 한다는 것도(대담한 의견을 내기도 하고 확신을 품기도 하고, 가벼운 재치를 보이기도 하고 부모로서 권위를 세우기도 한다). 그럼에도 우리는 비망록으로서, 닻으로서 그 그림을 환영한다.

호퍼는 또 자동차와 기차에도 관심을 가졌다. 그는 우리가 여행을 할 때 빠져드는 내향적인 분위기에 끌렸다. 풍경을 가로지르는 반쯤 빈 열차 안의 분위기를 포착하는 일에 관심을 가졌다. 바퀴들이 바깥 철로에 부딪히며 박자를 맞춰 소리를 내는 동안 안을 지배하는 정적, 소리와 창밖의 풍경이 어우러져 빚어내는 꿈결 같은 분위기. 이런 분위기에서 우리는 일상적인 자아 밖으로 나와, 안정된 환경에서라면 얻기 힘든 생각과 기억에 접근하게 된다. 「293호 열차 C칸」(1938)에서 책을 읽으며 열차 안과 풍경 사이로 시선을 움직이는 여자는 그러한 마음 상태에 있는 것 같다.

움직이는 비행기나 배나 기차보다 내적인 대화를 쉽게 이끌어내는 장소는 찾기 힘들다. 우리 눈앞에 보이는 것과 우리 머릿속에서 떠오르는 생각 사이에는 기묘하다고 말할 수 있는 상관관계가 있다. 때때로 큰 생각은 큰 광경을 요구하고, 새로운 생각은 새로운 장소를 요구한다. 다른 경우라면 멈칫거리기 일쑤인 내적인 사유도 흘러가는 풍경의 도움을 받아 술술 진행되어 나간다. 해야 할 일이 생각뿐일 때에 정신은 그 일을 제대로 해내지 못하는 것 같다. 마치 남의 요구에 의해서 농담을 하거나 다른 사람의 말투를 흉내내야 할 때처럼 굳어버린다. 그러나 정신의 일부가 다른 일을 하고 있을 때는 생각도 쉬워진다. 예를 들어 음악을 듣고 있을 때나, 눈으로 줄지어 늘어선 나무들을 쫓을 때. 우리의 정신에는 신경증적이고, 검열관 같고, 실용적인 부분이 있는데, 이 부분은 의식에 뭔가 어려운 것이 떠오를 때면 모른 척하고, 또 기억이나 갈망이나 내성적이고 독창적인 관념들은 두려워하고 행정적이고 비인격적인 것들을 좋아하는 경향이 있다. 음악이나 풍경은 이런 부분이 잠시 한눈을 팔도록 유도한다.

모든 운송수단 가운데 생각에 가장 큰 도움을 주는 것은 아마 기차일 것이다. 배나 비행기에서 보는 풍경은 단조로워질 가능성이 있지만, 열차에서 보는 풍경은 그럴 가능성이 전혀 없다. 열차 밖 풍경은 안달이 나지 않을 정도로 빠르게, 그러면서도 사물을 분간할 수 있을 정도로 느리게 움직인다. 어쩌다 사적인 영역들이 흘끗 눈에 띄어 영감을 얻기도 한다. 예를 들면 기차는 한 여자가 부엌 찬장에서 컵을 꺼내는 바로 그 순간을 보여주었다가, 이어 테라스에서 자고 있는 한 남자의 모습을 구경시켜주었다가, 공원에서 우리의 눈에는 보이지 않는 인물이 던진 공을 잡으려는 아이의 움직임을 드러내기도 한다.

몇 시간 동안 기차를 타고 꿈을 꾸다 보면, 나 자신에게로 돌아왔다는 느낌이 들기도 한다. 즉 우리에게 중요한 감정이나 관념들과 다시 만나게 되었다는 느낌이 드는 것이다. 우리 자신의 진정한 자아와 가장 잘 만날 수 있는 곳이 반드시 집은 아니다. 가구들은 자기들이 불변한다는 이유로 우리도 변할 수 없다고 주장한다. 가정적 환경은 우리를 일상생활 속의 나라는 인간, 본질적으로는 내가 아닐 수도 있는 인간에게 계속 묶어두려고 한다.

호텔 방들 역시 정신의 습관들에서 벗어날 수 있는 비슷한 기회를 제공한다. 따라서 호퍼가 호텔을 반복해서 그린 것도 놀랄 일은 아니다(「호텔 방」[1931], 「호텔 로비」[1943], 「관광객들을 위한 방들」[1945], 「철도 옆 호텔」[1952], 「호텔 창문」[1956], 「웨스턴 모텔」[1957]). 이따금 건물 내장內臟에서 엘리베이터가 쉭 하고 솟아오르는 소리 외에는 아무런 소리도 들리지 않는 호텔 방에 누워 있으면, 그곳에 도착하기 전에 일어났던 일들 밑에 줄을 그을 수 있다. 우리의 경험에서 이제까지 무시해왔던 넓은 영역 위를 날아볼 수도 있다. 일상적인 일 속에서는 이르지 못했던 높이에서 우리의 삶에 대해서 생각할 수 있다. 이런 일을 할 때 우리는 주위의 낯선 세계로부터 은근한 도움을 받는다. 포장지에 싸인 채 세면대 가장자리에 놓여 있는 작은 비누들, 미니바에 진열된 아주 작은 병들, 24시간 언제라도 먹을 것을 배달해주겠다고 약속하는 룸서비스 메뉴, 25층 아래에서 소리 없이 흔들리는 미지의 도시의 모습으로부터. 호텔 메모지는 늦은 밤 불현듯 떠오른 강렬하고 계시적인 생각들을 담는 그릇이 될 수도 있다.

❖ ❖ ❖

사랑의 한 가지 특징이 외로움의 극복이라면, 지금의 아내와 내가 만난 지 몇 주일 지나지 않았을 때 우리 둘 다 소외된 호퍼적인 공간들, 특히 리틀 셰프Little Chef 식당을 아주 좋아한다는 사실을 알게 된 것도 지극히 당연하다고 할 수 있다. 리틀 셰프는 영국인들에게 미국의 도로변 식당과 비슷한 곳이다. 음식이 형편없고 볼꼴 사나운 곳이지만, 그럼에도 시정詩情이 넘치는 곳이다. 아내는 어렸을 때 아버지를 따라 리틀 셰프에 가곤 했다. 장인은 말이 거의 없는 사람으로, 영국식 아침식사를 주문해놓고 신문을 읽다가 창밖을 내다보며 담배를 피우기를 좋아했다. 물론 아무 말 없이. 그럼에도 아내에게는 그것이 일상으로부터, 서퍽의 따분한 시장 도시에서 성장해가며 느끼던 권태로부터 탈출하는 행사로 느껴졌다. 메뉴판은 밝은색이었다. 주문을 하면 누군가 식탁에 음식을 가져다주었고, 밖에는 미끄럼틀이 눈에 띄기도 했다. 아내는 늘 주빌리 펜케이크를 주문했는데, 어느 생일에는 두 개나 주문을 하는 바람에 집으로 가던 차 뒷좌석에서 배탈로 고생했던 기억도 있다. 그러다가 대학에 가서는 캠퍼스의 온실 같은 분위기로부터 벗어나서 다른 사람들의 일상이 굴러가는 광경을 잠시 지켜보고 싶을 때면 리틀 셰프를 찾곤 했다.

내 기억에서 리틀 셰프는 기숙사 학교로 돌아가기 전에 부모님과 함께 들리는, 오랜만에 가족 외식을 하는 장소였다. 또는 장례식이 열리는 곳이었다. 그곳은 다채로운 색깔이 어우러지는 따뜻하고 명랑한 세계의 상징으로, 나는 언제까지나 그곳을 떠나고 싶지 않았다. 그곳은 내가 돌아가야 하는 곳과 선명한 대조를 이루는 곳이었기 때문이다. 그러다 커서는 20대 중반의 고통스러울 정도로 외롭던 시절, 끝나지 않을 것처럼 길게 느껴지던 시절에 가끔 차를 몰고 런던 밖으로 나가 리틀 셰프에서 혼자 점심을 먹곤 했다. 성심성의껏 소외를 시켜놓은 환경에 나 자신의 소외를 풍덩 빠뜨리는 것은 실로 위안이 되었다. 마치 기분이 푹 가라앉았을 때 쇼펜하우어를 읽는 듯한 느낌이었다. 리틀 셰프는 여러 가지 면에서 외로움과 관련이 있다. 특히 영국적인 외로움과 관련이 있다. 리틀 셰프는 그런 외로움을 대변하면서, 동시에 묘한 방식으로 그것을 치유한다.

리틀 셰프의 현실적인 느낌이 들지 않는 환경 덕분에 우리는 한동안 가정의 구속으로부터, 우리 마음의 습관으로부터, 세련된 사람들이 정해놓은 규칙으로부터 벗어나서 대안적인 삶이라는 기만적인 공상을 즐길 수 있다. 둘 다 리틀 셰프를 좋아한다는 사실을 확인하는 것은 단지 식당을 고르는 취향이 비슷하다는 뜻이 아니다. 그것은 내면의, 매우 내밀한 심리의 한 부분이 일치한다는 뜻이다. 그곳에서 결혼 피로연이 자주 열리지 않는 것이 놀라울 따름이다.

　오스카 와일드는 휘슬러가 안개를 그리기 전에는 런던에 안개가 없었다고 말한 적이 있다. 물론 안개야 많았겠지만, 우리의 시선을 인도해주는 휘슬러의 그림이 없었다면 그 독특한 특질을 보는 것이 약간 더 어려웠을 것이라는 이야기이다. 와일드가 휘슬러를 두고 한 이야기는 호퍼에게도 할 수 있다. 에드워드 호퍼가 그림으로 그리기 전에는 우리 눈에 보이는 주유소, 리틀 셰프, 공항, 기차, 모텔, 도로변 식당의 숫자가 지금보다 훨씬 더 적었다.

공항에 가기

집에서 우울하거나 따분할 때, 가볼 만한 곳이 공항이다. 비행기를 타러 가는 것이 아니다. 사실 공항을 빨리 싫어하게 되는 지름길이야말로 비행기를 타러 공항에 가는 것이다. 그림, 아니, 더 정확하게 말하자면 발레를 감상하러 가듯이 공항을 감상하러 가는 것이다.

하늘이 잿빛으로 흐리던 어느 날, 히드로 공항 활주로 끄트머리에 747기가 나타난다. 처음에는 약하게 반짝거리는 하얀 빛처럼 보인다. 마치 지구로 떨어지는 별 같다. 이 비행기는 공중에 12시간 동안 떠 있었다. 새벽에 방콕에서 이륙했다. 벵골 만, 델리, 아프간 사막, 카스피 해 위를 날았다. 루마니아, 체코 공화국 상공의 항로를 따르다가 하강을 시작했다. 하강이 워낙 부드러워서 노르망디 해안 위에서 엔진 소리의 변화를 느낀 승객은 거의 없었을 것이다. 지상에서 보면 하얀 빛은 차츰 거대한 2층짜리 몸체로 바뀌기 시작한다. 믿을 수 없을 정도로 긴 날개들 밑에는 엔진 네 개가 귀걸이처럼 달려 있다. 가벼운 비를 맞으며 활주로를 향해 점잖은 부인처럼 다가오는 비행기 뒤편으로 베일처럼 뿌연 물보라가 펼쳐진다. 비행기는 넓은 세상의 상징으로, 그 안에 자신이 건너온 모든 땅의 흔적을 담고 있다. 그 영원한 이동성은 정체와 속박으로 답답해진 마음에 상상의 평형추를 제공한다. 오늘 아침에 비행기는 말레이 반도 상공에 있었다. 이름에서 물레나무와 백단향 냄새가 나는 듯한 지명地名이다. 그리고 지금 비행기는 오랫동안 피했던 땅 위 몇 미터 높이에 있다. 비행기는 움직이지 않는 것 같다. 코는 위로 쳐들고 있다. 지금은 이렇게 잠시 가만히 있는 것 같지만, 곧 16개의 뒷바퀴가 연기 돌풍을 일으키며 활주로와 만날 것이고, 그 순간 우리는 이 비행기의 속도와 무게를 실감하게 될 것이다.

평행하는 활주로에서는 A340기가 뉴욕을 향해 이륙하며 보조 날개와 바퀴를 접는다. 바다와 구름 너머 5,000킬로미터 떨어진, 시간으로는 8시간 떨어진 롱비치의 떡갈나무 판자로 지은 하얀 집들 위에서 하강을 시작할 때까지는 다시 사용할 필요가 없기 때문이다. 터보팬 엔진의 열기로 인한 아지랑이 사이로 다른 비행기들이 비행을 시작할 시간을 기다리는 모습이 보인다. 활주로 전체에서 비행기들이 움직이고 있다. 회색 지평선을 배경으로 비행기의 수직안정판들이 요트 경기의 돛들처럼 다채로운 색깔을 자랑한다.

유리와 강철로 만든 3번 터미널 뒤편을 따라 거대한 비행기 세 대가 늘어서서 쉬고 있다. 그들의 제복은 다양한 출신 지역을 보여준다. 캐나다, 파키스탄, 한국. 이 비행기들은 날개 끝이 닿을 듯이 가까이 붙어 앉아 몇 시간 동안 쉬었다가, 각자 성층권의 바람 속으로 다시 여행을 시작할 것이다. 비행기가 쉴 곳으로 들어올 때마다, 안무에 따른 춤이 시작된다. 트럭들은 비행기의 배 밑으로 미끄러져 들어가고, 검은 연료 호스가 날개에 고정되고, 터미널과 이어지는 통로가 사각형 고무 입술을 구부려 동체에 입을 맞춘다. 화물칸의 문들이 열리면서 낡은 알루미늄 화물상자들을 토해낸다. 불과 몇 시간 전만 해도 열대의 나뭇가지에 매달려 있던 열매나 고지대의 고요한 골짜기에 뿌리를 내리고 있던 채소가 담겨 있는지도 모른다. 작업복을 입은 두 사람이 엔진 한곳에 작은 사다리를 가져다대더니, 덮개를 열어 전선과 작은 금속 파이프들로 이루어진 복잡한 내부를 드러낸다. 객실 앞쪽에서는 담요와 베개를 내린다. 승객들이 육지에 발을 디딘다. 그들에게는 이 평범한 영국의 오후가 초자연적인 색조를 띤 것처럼 느껴질 것이다.

공항의 매력이 집중된 곳은 터미널 천장에 줄줄이 매달려 비행기의 출발과 도착을 알리는 텔레비전 화면들이다. 미학적 자의식이 전혀 없는 그 모습. 노동자 같은 상자와 보행자 같은 활자는 아무런 위장 없이 자신의 감정적 긴장 상태와 상상력을 자극하는 매력을 드러낸다. 도쿄, 암스테르담, 이스탄불. 바르샤바, 시애틀, 리우. 이 화면들은 제임스 조이스의 『율리시즈』의 마지막 줄의 시적 울림을 그대로 간직하고 있다. 그 마지막 줄은 소설이 쓰인 곳에 대한 기록인 동시에, 똑같이 중요한 것이지만, 그것을 쓰는 행동의 바탕이 된 세계주의 정신의 상징이기도 하다. "트리에스테, 취리히, 파리." 화면들의 계속되는 호출, 가끔 커서의 초조한 박동을 수반하기도 하는 호출은 언뜻 단단하게 굳어버린 듯한 우리의 삶이 얼마나 손쉽게 바뀔 수 있는지를 보여준다. 그냥 복도를 따라 내려가서 비행기에 올라타기만 하면 된다. 그러면 우리는 몇 시간 뒤에 우리에게 아무런 기억이 없는 장소, 아무도 우리의 이름을 모르는 장소에 착륙할 것이다. 오후 3시, 권태와 절망이 위협적으로 몰려오는 시간, 우리의 기분에 깊은 크레바스들이 파여 있을 때, 늘 어딘가로 이륙하는 비행기가 있다는 생각만으로도 얼마나 큰 위로가 되는지.

게이트에 멈추어 선 비행기는 화물을 나르는 수레와 정비공들 옆에 있으니 거대한 짐승처럼 보인다. 그러한 것이 일본까지 날아가는 것은커녕 몇 미터를 움직일 수 있다는 것만으로도 어떤 과학적 설명과 관계없이 놀라움을 느낄 수밖에 없다. 인간이 만든 구조물들 가운데 건축물도 비행기에 필적할 만한 크기를 가지는 몇 안 되는 것들 가운데 하나이지만, 건축물을 볼 때는 비행기를 볼 때처럼 민첩성이나 침착성을 느낄 수 없다. 건물은 땅이 조금만 움직여도 금이 갈 수 있으며, 공기나 물이 샐 수 있고, 바람만 세게 불어도 자신의 일부를 잃어버릴 수 있기 때문이다.

인생에서 비행기를 타고 하늘로 올라가는 몇 초보다 더 해방감을 주는 시간은 찾아보기 힘들다. 활주로 출발점에 꼼짝도 않고 서 있는 기계 안에서 창밖을 보면 낯익은 크기의 풍경이 길게 내다보인다. 도로, 기름 실린더, 풀밭, 구릿빛 창문이 달린 호텔들. 우리가 늘 알고 있던 대로의 땅이다. 우리가 차의 도움을 받아도 느리게 움직일 수밖에 없는 곳, 종아리 근육과 엔진들이 산꼭대기에 이르려고 애를 쓰는 곳, 500미터 정도 앞에는 언제나 나무나 건물이 늘어서서 우리의 시야를 제약하는 곳. 그때 갑자기 엔진의 억제된 진동과 더불어(주방의 잔들이 약간 흔들릴 뿐이다) 우리는 완만하게 대기 속으로 솟아오르며, 눈이 아무런 방해 없이 돌아다닐 수 있는 거대한 시야가 열린다. 지상에 서라면 한나절이 걸릴 여행을 눈을 아주 조금만 움직이는 것으로 끝내버릴 수도 있다.

이런 이륙에는 심리적인 쾌감도 있다. 비행기의 빠른 상승은 변화의 전형적인 상징이다. 우리는 비행기의 힘에서 영감을 얻어 우리 자신의 삶에서 이와 유사한 결정적인 변화를 상상하며, 우리 역시 언젠가는 지금 우리를 짓누르고 있는 많은 억압들 위로 솟구칠 수 있다고 상상한다.

새로운 시점視點은 풍경에 질서와 논리를 부여한다. 도로는 산을 피하느라 곡선을 그리고, 강은 호수로 향하는 길을 따르고, 고압선 철탑은 발전소에서 도시로 이어지고, 땅에서 보면 제멋대로인 것 같은 도로들이 잘 짜인 격자로 드러난다. 눈은 자신이 보는 것을 머릿속에 있는 지식과

일치시키려고 한다. 새로운 언어로 익숙한 책을 판독하려고 하는 것과 마찬가지이다. 그러는 동안 내내 우리의 머리를 떠나지 않는 생각이 있다. 우리의 눈에 감추어져 있었다 뿐이지, 사실 우리의 삶은 저렇게 작았다는 것. 우리 눈에 보이는 것은 우리가 살고는 있지만 실제로 볼 기회는 드문 세상이다. 그러나 매나 신에게는 우리가 늘 그렇게 보일 것이다.

비행기의 엔진은 우리를 이런 곳에 데려오면서도 전혀 힘든 기색을 보이지 않는다. 엔진은 밖에 매달려 상상할 수 없는 추위를 견디면서도, 눈에 보이지 않는 곳에서 끈기 있게 비행기에 동력을 제공한다. 엔진의 안쪽 옆구리에 빨간 글자로 써 있는 것을 보면, 그들의 요구는 그 위로 걸어다니지 말라는 것과 "D50TFI-S4 기름만" 먹여달라는 것뿐이다. 그나마 이 메시지는 곧 만나게 될, 그러나 아직은 6,500킬로미터 떨어진 곳에 잠들어 있는 작업복을 입은 사람들에게만 의미가 있는 것이다.

이 위에 올라와야만 보이는 구름들에 대해서는 이야기하는 사람이 많지 않다. 대양의 상공 어딘가에서 우리가 아주 커다란 솜사탕 같은 섬—15세기 이탈리아의 화가 피에로 델라 프란체스카가 그린 그림 속의 천사 또는 하느님이라도 아주 편안하게 앉을 수 있을 것 같다—을 지나 날아가고 있다는 사실이 특별히 관심을 가질 만하다고 생각하지 않는 것 같다. 승객 가운데 누구도 자리에서 일어나, 창밖을 보면 우리가 **구름 위를** 날고 있다는 것을 확인할 수 있다고 필요한 만큼 힘을 주어가며 말하지 않는다. 다 빈치나 푸생, 클로드나 컨스터블이라면 가만히 있지 못했을 텐데.

만약 부엌에서 시식을 했다면 평범하거나 심지어 불쾌하게 느껴졌을 음식도 구름이 있는 곳에서는 새로운 맛을 띠고 구미를 돋운다(파도가 치는 절벽 꼭대기로 소풍을 가서 먹는 치즈 넣은 빵과 같다). 전혀 집 같지 않은 곳에서 우리는 기내식을 받아들고 집에 온 것 같은 편안함을 느낀다. 우리는 차가운 롤빵과 플라스틱 접시에 담긴 감자 샐러드를 먹으며 지구 밖의 풍경을 차지한다.

꼼꼼하게 살펴보면 창밖의 공중에 떠 있는 우리의 동반자들은 우리가 예상했던 것처럼 보이지 않는다. 그림에서 볼 때나 땅에서 볼 때 구름은 수평으로 놓인 알처럼 보인다. 그러나 여기서 보면 불안정한 면도용 거품을 쌓아 만든 거대한 오벨리스크 같다. 이들이 증기와 친족이라는 사실이 더욱 분명해진다. 오히려 증기보다 더 변화무쌍해 보인다. 어쩌면 막 폭발한 어떤 것, 여전히 변하고 있는 것의 산물이기 때문인지도 모른다. 그러나 그 위에 앉는 것이 불가능할 것이라는 깨달음은 여전히 당혹스럽다.

비행기에서 구름을 보면 고요가 찾아든다. 저 밑에는 적과 동료가 있고, 우리의 공포나 비애가 얽힌 곳들이 있다. 그러나 그 모두가 지금은 아주 작다. 땅 위의 긁힌 자국들에 불과하다. 물론 이 오래된 원근법의 교훈은 전부터 잘 알던 것일 수도 있다. 그러나 차가운 비행기 창에 얼굴을 가져다대고 있을 때만큼 이것이 절실하게 느껴지는 경우는 드물다. 우리가 지금 타고 있는 것은 심오한 철학을 가르치는 스승이라고 부를 만하다.

진정성

1 가장 매력을 느끼지 못하는 사람을 가장 쉽게 유혹할 수 있다는 것은 사랑의 아이러니 가운데 하나이다. 상대를 향한 강렬한 욕망은 유혹에 필수적인 무관심에 방해가 된다. 또 상대에게 느끼는 매력은 나 자신에 대한 열등감을 동반하기 마련이니, 이는 사랑하는 사람의 완벽함에 자기 자신을 견주어보기 때문이다. 내가 클로이를 사랑한다는 것은 나 자신의 가치에 대한 모든 믿음을 잃었다는 뜻이다. 그녀와 비교하면 나는 도대체 무엇일까? 그녀가 내 초라한 입에서 떨어지는 말 [그나마도 내 혀가 풀려야 가능하겠지만] 가운데 몇 마디에 기꺼이 대꾸를 해주는 것도 영광인데, 하물며 나와 저녁식사를 하기로 약속하고 또 아주 우아하게 차려입고 나왔다는 것["이 옷 괜찮아요?" 그녀는 차 안에서 묻더니 덧붙였다. "괜찮아야 돼요. 여섯 번씩이나 옷을 바꿔 입어볼 수는 없는 것 아니에요?"]은 최고의 영광이 아닌가.

2 금요일 밤이었다. 클로이와 나는 최근에 플럼 로드 끝에 문을 연 프랑스 레스토랑 레 리에종 당제뢰스('위험한 관계'라는 의미/역주)의 구석 자리에 앉았다. 클로이의 아름다움을 돋보이게 하는 데에 그보다 나은 배경은 없었을 것이다. 샹들리에는 그녀의 얼굴에 부드러운 그림자를 던지고 있었고, 옅은 녹색의 벽은 그녀의 옅은 녹색 눈과 조화를 이루었다. 나는 마치 탁자 건너에 천사가 앉아 있기라도 한 것처럼 정신이 멍해져서 생각을 하거나 말을 할 능력을 완전히 잃어버렸다[조금 전까지만 해도 활기차게 대화를 나누었는데도]. 아무 말도 못하고 풀을 먹인 하얀 식탁보에 손가락으로 무늬를 그리거나, 목이 마르지도 않은데 커다란 유리잔에 든 탄산수를 홀짝일 뿐이었다.

3 이런 식으로 열등감을 느끼게 되면, 직접적으로 나 자신이 아닌 인격, 우월한 존재의 요구를 찾아내고 거기에 부응하려고 노력하는 구애자의 자아를 내세울 필요가 생긴다. 사랑 때문에 나는 나 자신이 아닌 존재가 되어버렸나? 영원히 그렇지야 않겠지만, 진지하게 생각해본다면,

구애의 이 단계에서는 그렇게 된 것이 사실이다. 구애하는 위치 때문에 나는 내 마음에 드는 것은 무엇일까? 하고 묻지 않고 그녀 마음에 드는 것은 무엇일까? 하고 묻게 되었다. 내가 보기에 내 타이가 어떤가? 하고 묻지 않고 그녀가 내 타이를 어떻게 볼까? 하고 묻게 되었다. 나는 사랑 때문에 사랑하는 사람의 눈을 상상하고, 그 눈을 통하여 나 자신을 보게 되었다. 나는 누구인가?가 아니라 나는 그녀에게 누구인가?였다. 그 질문의 재귀적인 운동 속에서 나의 자아는 점점 배신과 비진정성에 물들게 될 수밖에 없었다.

4 이런 비진정성이 꼭 극악한 거짓말이나 과장으로만 표현되는 것은 아니었다. 그저 클로이가 원할 만한 모든 것을 미리 예상하여, 내 역할에 요구되는 어투로 말하려는 것뿐이었다.

"포도주 좀 드실래요?" 나는 그녀에게 물었다.

"글쎄요. 포도주 좋아하세요?" 그녀가 되물었다.

"드시겠다면 난 상관없어요." 내가 대답했다.

"좋으실 대로 하세요. 원하시는 대로." 그녀가 말했다.

"나는 아무 쪽이나 좋은데요."

"나도 찬성이에요."

"그럼 마실까요, 말까요?"

"어, 나는 안 마시는 것이 좋겠어요." 클로이가 말했다.

"그래요, 나도 별로 마시고 싶지 않군요." 나는 맞장구를 쳤다.

"그럼 포도주는 마시지 말기로 하죠."

"좋습니다. 그럼 물만 마시죠."

5 진정한 자아는 같이 있는 사람에 관계없이 안정된 동일성을 이룰 수 있는 능력을 전제한다. 그러나 그날 저녁 나는 클로이의 욕망을 찾아내고 그에 따라서 나 자신을 바꾸려는 진정성이 결여된 시도를 되풀이했다. 그녀는 남자에게서 무엇을 기대할까? 나는 어떤 취향과 지향에 내 행동을 맞추어야 할까? 자신에게 진실한 태도를 유지하는 것이 자아의 도덕성을 평가하는 핵심적 기준이라고 한다면, 나는 유혹하고 싶은 마음 때문에 이 윤리 시험에서 낙

제하고 말았다. 왜 나는 클로이의 머리 위에 있는 칠판에서 특별히 광고를 하고 있는, 맛있어 보이는 포도주들에 대한 내 감정을 속였을까? 탄산수에 대한 그녀의 갈증과 비교했을 때 나의 선택이 갑자기 부적절하고 어색해 보였기 때문이다. 유혹은 나를 둘로 갈라놓았다. 진짜[알코올 같은] 자아와 가짜[물 같은] 자아로.

6 첫 번째 코스가 나왔다. 프랑스 정원의 대칭성을 갖춘 접시들 위에 음식이 놓여 있었다.

"너무 아름다워서 손대기가 그러네요." 클로이가 말했다 [내가 그 느낌을 어떻게 알겠는가]. "이런 구운 참치는 먹어본 적이 없어요."

우리는 먹기 시작했다. 그러나 도자기에 나이프와 포크가 부딪히는 소리뿐이었다. 할 말이 없는 것 같았다. 클로이는 너무나 오랫동안 나의 유일한 생각이었지만, 지금 이 순간에는 내가 그녀와 공유할 수 없는 하나의 생각이었다. 침묵은 저주스러운 고발장이었다. 매력적이지 않은 사람과 함께 있을 때 입을 다물고 있으면 그것은 상대가 따분한 사람이라는 뜻이다. 그러나 매력적인 사람과 함께 있을 때 입을 다물고 있으면 구제불능일 정도로 따분한 사람은 바로 자기 자신이라는 확신을 가지게 된다.

7 어쩌면 침묵과 서툰 태도는 욕망의 애처로운 증거로서 용서받을 수 있을지도 모른다. 별로 마음이 끌리지 않는 사람은 유혹하기가 쉽기 때문에, 유혹이 서툰 사람이 오히려 진정한 마음을 가진 사람이라고 관대하게 봐줄 수도 있다. 정확한 말을 찾지 못한다는 것은 오히려 정확한 말을 의도하고 있다는 증거가 될 수도 있다[말로 표현하지는 못하지만]. 우리가 들어간 식당과 같은 이름을 가진 『리에종』(관계라는 의미/역주)이라는 책에서 드 메르퇴유 후작부인은 드 발몽 자작에게 편지를 쓰는데, 후작부인은 자작의 연애편지가 너무 완벽하고 너무 논리적이기 때문에 진정한 연인의 말일 수 없다고 까탈을 부린다. 진정한 연인의 생각은 두서가 없고, 말은 조리가 안 선다는 것이다. 언어는 사랑에 걸려 넘어지고, 욕망에는 명료한 표현이 결여되어 있다[그러나 나는 그 순간에는 나의 말의 변비를 자작의 능

란한 어휘와 바꾸고 싶은 마음이 간절했다].

8 클로이의 사랑을 얻고 싶다는 내 마음을 고려할 때 그녀에 대해서 좀더 알아내는 것이 필수적이었다. 어떤 거짓 자아를 채택할지 알아야 진짜 자아를 버리든지 말든지 할 것 아닌가. 그러나 그것은 쉬운 일이 아니었다. 다른 사람을 이해한다는 것은 몇 시간에 걸친 세심한 주의와 해석을 요하는 일, 수많은 말과 행동으로부터 일관된 성격을 헤아려내는 일임을 나는 다시 한번 깨닫게 되었다. 불행히도 그런 일에 요구되는 인내와 지성은 내 불안하게 흘려 있는 정신에서는 도저히 감당할 수 없는 것이었다. 그래서 나는 환원적인 사회심리학자처럼 행동했다. 한 인간을 단순한 몇 개의 정의 안에 구겨넣으려고 한 것이다. 인간 본성의 다가성多價性을 포착하는 소설가로서의 주의를 기울이고 싶은 마음은 없었다. 첫 코스 식사를 하면서 나는 멍청하게도 인터뷰를 하듯이 무거운 질문들을 던졌다. 어떤 작가를 좋아합니까? ["시간이 있으면, 조이스, 헨리 제임스, 『코스모폴리탄』을 읽어요."] 일은 마음에 듭니까? ["일이란 게 다

지겨운 거 아닌가요?"] 아무데나 살 수 있다면 어느 나라에 살고 싶습니까? ["여기도 괜찮아요. 어쨌든 헤어드라이어의 플러그를 바꿀 필요가 없는 데라면 아무데라도 좋아요."] 주말에는 주로 뭘 합니까? ["토요일에는 영화를 보고, 일요일에는 저녁에 초콜릿이 떨어질 때를 대비해서 초콜릿을 쟁여둬요."]

9 그런 서툰 질문들[그래도 내가 물어본 질문 하나하나를 통하여 나는 그녀를 조금씩 더 많이 알게 되는 것 같았다] 배후에는 가장 직접적인 질문으로 다가가려는 초조한 시도가 있었다. "당신은 **누구입니까?**" [그리고 그것과 연결되는 "나는 **누구여야 합니까?**"] 그러나 그런 직접적인 접근은 실패할 수밖에 없는 운명이었다. 내가 둔하게 그 목표를 향해 나아가면 나아갈수록, 내 연구 대상은 그물 사이로 빠져나가고 그녀가 무슨 신문을 읽는지, 무슨 음악을 좋아하는지만 알려주었다. 그런 것들을 안다고 해서 그녀가 "누구"인지에 대한 깨달음이 오는 것은 아니었다. "나"는 필요하기만 하다면 얼마든지 자신을 감출 능력이 있음을 보여주는 예였다.

10 클로이는 자기 이야기를 하는 것을 싫어했다. 겸손과 자기비하가 그녀의 가장 분명한 특징이었는지도 모른다. 그녀 자신이 대화 주제로 떠오르면 클로이는 가장 심한 표현을 사용했다. 그냥 "나"라든가 "클로이"라고 하는 것이 아니라, "나 같은 무능력자"라든가 "신경쇠약이 오필리아(셰익스피어의 『햄릿』의 등장인물로 나중에 자살한다/역주) 뺨칠 여자"라고 말했다. 그녀의 자기비하가 더욱 매력적이었던 것은, 그것이 자기연민에 빠진 사람들의 위장된 호소에서 벗어난 것처럼 보였기 때문이다. "나는 너무 멍청해요/아니, 당신은 그렇지 않아요" 하는 식의 대화를 의도하는 이중적인 자기비하가 아니었다는 것이다.

11 그녀의 유년은 즐겁지 않았지만 그녀는 초연하게 이야기를 했다["욥(성서의 등장인물로 수많은 고난을 겪은 사람이다/역주) 정도는 우습다는 듯이 어린 시절을 극적으로 만드는 것이 싫어요"]. 그녀는 경제적 여유가 있는 집안에서 태어났다. 그녀의 아버지["아버지의 모든 문제는 아버지의 부모님이 아버지를 배리라고 부를 때부터 시작되었어요"]는 학자이고, 법대

교수였으며, 어머니["클레어"]는 한동안 꽃가게를 했다. 클로이는 가운데 아이로, 귀염받는 훌륭한 두 아들 사이에 낀 딸이었다. 그러나 그녀가 여덟 살 생일을 넘긴 직후 오빠가 백혈병으로 죽자 부모의 슬픔은 딸에 대한 분노로 표현되었다. 딸은 학교에서는 멍청하고 집에서는 잘 토라지는 아이였으며, 그러면서도 그들이 귀여워하던 아들과는 달리 생명줄을 놓지 않았다. 딸은 벌어진 일이 자기 탓이라고 생각하여 죄책감을 느끼며 자라났다. 그러나 그녀의 부모는 그런 감정을 덜어주려고 하지 않았다. 그녀의 어머니는 사람의 가장 약한 점을 붙들고 놓아주지 않는 사람이었다. 그래서 클로이는 자기가 죽은 오빠보다 공부를 못한다는 사실, 자신이 요령 없는 아이라는 사실, 그녀의 친구들이 창피한 아이들이라는 사실[이 비난은 사실이라고 할 수 없었지만, 그런 비난이 되풀이되자 사실이 되어갔다]을 끊임없이 마음에 새겨야 했다. 클로이는 아버지에게서 애정을 구했다. 그러나 아버지는 법적 지식에는 개방적이었지만 감정에는 폐쇄적인 사람이었다. 아버지는 애정 대신 현학적인 태도로 법적 지식을 이야기해주었다. 사춘기가 되면서 아버지에 대한 클로이의 좌절감은 분노로 바뀌었고, 클로이는 아버지와 아버지가 대표하는 모든 것에 공개적으로 대항했다[내가 법을 직업으로 택하지 않은 것이 다행이었다].

12 그녀는 식사 도중 과거의 남자친구들에 대해서는 암시만 주었다. 한 사람은 이탈리아에서 오토바이 수리공으로 일했는데, 그녀를 몹시 거칠게 다루었다. 그녀가 어머니 노릇을 했던 다른 남자친구는 마약 때문에 감옥에 가고 말았다. 한 사람은 런던 대학교의 분석철학가였다["그 사람이 내가 한번도 잠자리를 같이하지 않았던 아버지 역할을 했다는 것은 프로이트가 아니라도 알 수 있죠"]. 또 한 사람은 로버 사의 테스트카 드라이버였다["지금까지도 나는 그 사람과 사귀었던 이유를 알 수가 없어요. 아마 그의 거친 버밍엄 악센트가 마음에 들었었나 봐요"]. 그러나 분명한 그림은 떠오르지 않았기 때문에, 내 머릿속에서 떠오르고 있던 그녀의 이상적인 남자에 대한 그림을 계속 재조정해야 했다. 게다가 그녀는 똑같은 점을 두고 한번은 칭찬을 했다가 조금 후에는 비난을 했기 때문에, 내가 제시하고 싶은 자아를

미친 듯이 계속 고쳐대야 했다. 그녀는 감정적 취약성을 칭찬하는 듯하다가, 곧이어 그것을 비판하고 독립성을 찬양했다. 정직을 최고의 가치로 찬양하다가, 결혼이 위선이라는 근거로 간통을 정당화하기도 했다.

13 그녀의 관점이 복잡했기 때문에 나는 분열증을 일으킬 지경이었다. 나 자신의 어떤 면을 방출해야 하는가? 어떻게 하면 가망 없을 정도로 밋밋하다는 인상을 주지 않으면서도 그녀를 소외시키는 일을 피할 수 있을까? 코스[젊은 발몽 남작인 나에게는 장애물 코스였다]가 나오는 대로 식사를 하는 내내 나는 한 가지 의견을 내놓았다가 잠시 후 그녀의 의견과 맞추기 위해서 그것을 약간씩 바꾸는 일을 되풀이했다. 클로이의 질문 하나하나가 무시무시했다. 무심결에 되돌릴 수 없을 만큼 그녀를 불쾌하게 만드는 내용이 들어간 대답을 할 수도 있었기 때문이다. 메인 코스[나는 오리 고기였고 그녀는 연어였다] 때는 지뢰가 박힌 습지를 걷는 기분이었다. 두 사람이 오직 서로만을 위해서 살 수 있다고 생각하나요? 어렸을 때 힘들었어요? 진정한 사

랑을 해본 적이 있나요? 어땠어요? 감정적인 사람이세요, 아니면 지적인 사람이세요? 지난 선거에서 어디에 투표를 했어요? 좋아하는 색이 뭐예요? 여자가 남자보다 불안정하다고 생각하세요?

14 독창성이라는 것은 자신이 하는 말에 동의하지 않는 사람들을 소외시킬 위험이 있었기 때문에 나는 그쪽으로는 전혀 다가갈 수가 없었다. 클로이의 생각으로 판단되는 것에 나를 맞추어나갈 뿐이었다. 그녀가 강인한 남자를 좋아하면 나는 강인해졌다. 그녀가 윈드서핑을 좋아하면 나는 윈드서핑 선수가 되었다. 그녀가 체스를 싫어하면 나도 체스를 싫어했다. 그녀가 연인에게서 원하는 것에 대한 나의 추측은 꼭 끼는 양복에 비유할 수 있고, 나의 진짜 자아는 뚱뚱한 남자에 비유할 수 있었다. 그날 저녁은 뚱뚱한 남자가 자신에게 너무 작은 양복을 입으려고 기를 쓰는 과정이라고 할 수 있었다. 재단한 직물에 들어가지 않는 부분 살을 짓누르고, 바지가 터지지 않도록 숨을 멈추고 배를 쑥 들이밀었다. 내 자세가 내 마음에 들 만큼

자연스럽지 않다고 해도 놀랄 일은 아니었다. 몸에 맞지 않는 작은 양복을 입은 뚱뚱한 남자가 어떻게 자연스러울 수 있을까? 옷이 터질까 두려워 숨을 죽인 채 꼼짝도 못하고 가만히 앉아서, 무사히 저녁 시간이 지나가기를 기도할 수밖에 없었다. 나는 사랑 때문에 불구가 되었다.

15 클로이는 다른 고민에 빠져 있었다. 디저트를 먹을 시간이었기 때문이다. 그녀에게는 한 가지 선택밖에 없었지만 욕망은 한 가지가 넘었다.

"어떻게 생각하세요? 초콜릿이 나을까요, 캐러멜이 나을까요?" 그녀가 물었다[이마에 죄책감의 흔적이 드러났다]. "하나씩 시킨 다음에 나누어 먹을 수도 있겠네요."

나는 둘 다 먹고 싶지 않았다. 그때까지 먹은 것도 소화가 제대로 안 되었기 때문이다. 그러나 그것은 중요한 문제가 아니었다.

"나는 초콜릿을 정말 좋아해요. 어떠세요?" 클로이가 물었다. "나는 초콜릿을 좋아하지 않는 사람을 이해할 수가 없어요. 전에 어떤 남자를 사귄 적이 있는데, 아까 말하던 로버트라는 사람 말이에요, 나는 그 사람하고는 한번도 편했던 적이 없어요. 이유를 알 수가 없었죠. 그러다 어느 날 모든 것이 분명해졌어요. 그 사람이 초콜릿을 좋아하지 않았던 거예요. 아니, 그냥 좋아하지 않는 정도가 아니라, 정말로 싫어했어요. 초콜릿 바를 앞에 갖다놓아도 손도 내밀지 않을 사람이었죠. 나로서는 상상도 할 수 없는 일이에요. 그 점이 분명해지자, 짐작하시겠지만, 우리가 헤어져야 한다는 것도 분명해졌어요."

"그렇다면 우리는 둘 다 시켜서 서로의 것을 맛을 보는 게 좋겠군요. 그런데 어느 쪽이 더 마음에 드세요?"

"나는 상관없어요."

클로이가 거짓말을 했다.

"그래요? 상관이 없으시다면, 내가 초콜릿을 먹죠. 나는 초콜릿이라면 도무지 참지를 못하거든요. 저 아래 있는 더블 초콜릿 케이크 있죠? 저걸 주문해야겠어요. 다른 것보다 초콜릿이 훨씬 더 많이 든 것 같으니까."

"정말 벌 받을 짓을 하시네요." 클로이는 기대감과 수치가 뒤섞인 감정 때문에 아랫입술을 깨물었다. "하지만 뭐 어때요? 그쪽 말이 절대적으로 옳아요. 인생은 짧고 뭐 그런 것 아니겠어요."

16 그러나 나는 거짓말을 했다[주방에서 닭이 우는 소리가 들릴 것 같았다(성서에서 베드로는 닭이 울기 전에 세 번 거짓말을 했다/역주)]. 사실 나는 초콜릿에는 알레르기가 있는 편이었다. 하지만 그런 상황에서, 초콜릿에 대한 사랑이 클로이와 맺어지는 데에 핵심적 결정적 기준이 되는 상황에서, 어떻게 내 욕망에 대해서 정직할 수 있을까?

17 그럼에도 내 거짓말은 거기에 포함된 내 취향과 습관에 대한 가정 때문에 정도正道를 벗어난 것이었다. 즉 나의 취향과 습관은 클로이의 취향과 습관보다 정당성이 떨어지는 것이며, 내가 그녀의 취향과 습관으로부터 조금이라도 벗어나면 그녀는 돌이킬 수 없을 정도로 속이 상할 것이라는 가정이었다. 사실 나는 나 자신과 초콜릿에 대한 감동적인 이야기라도 지어낼 수 있었고["초콜릿을 세상 그 무엇보다도 좋아했지만, 의사가 조금만 더 먹으면 죽을 거라고

경고를 했습니다. 그 이후 3년간 치료를 받아왔지요"], 그랬다면 클로이로부터 큰 동정을 받았을지도 모른다―그러나 그것은 너무 위험한 일이었다.

18 불가피했던 만큼이나 수치스러웠던 나의 거짓말 때문에 나는 두 가지 종류의 거짓말의 차이에 주목하게 되었다. **피하기 위한 거짓말**과 **사랑받기 위한 거짓말**. 구애 과정에서의 거짓말은 다른 영역에서의 거짓말과 매우 다른 면이 있었다. 내가 경찰에게 자동차 속도에 대해서 거짓말을 한다면 그것은 분명한 이유 때문이다. 벌금이나 체포를 피하려는 것이다. 그러나 사랑받기 위한 거짓말에는 비뚤어진 가정이 수반된다. **거짓말을 하지 않으면 사랑받을 수 없다.** 이것은 자신의 모든 개인적 [따라서 다른 사람과 다른] 특징들을 비워버려야만 상대의 사랑을 얻을 수 있으며, 자신의 진짜 자아는 사랑하는 사람에게서 발견되는 완벽성과 화해 불가능한 갈등관계에 있다고 [따라서 가치가 없다고] 판단하는 태도이다.

19 나는 거짓말을 했다. 그러나 그랬다고 해서 클로이가 그것 때문에 나를 더 좋아하게 되었을까? 손을 뻗어서 내 손을 잡아주거나, 디저트는 그만두고 [이것은 너무 무리한 기대이겠지만] 어서 집으로 가자고 제안했을까? 물론 아니다. 그녀는 내가 초콜릿을 먹겠다고 강하게 주장하자 캐러멜의 열등한 맛을 생각하며 약간 실망했을 뿐이다. 그러면서 곧바로 초콜릿을 너무 좋아하는 사람도 결국에는 초콜릿을 너무 싫어하는 사람과 마찬가지로 문제가 생길 수 있다고 덧붙였다.

20 구애란 연기의 한 형식으로, 자연스러운 행동에서 청중에 의하여 결정되는 행동으로 옮겨가게 된다. 배우가 관객의 기대를 어느 정도 파악해야 하듯이, 구애하는 사람도 사랑하는 사람이 무슨 말을 듣고 싶어할지 알아야 한다. 따라서 사랑받기 위한 거짓말을 결정적으로 반박할 수 있는 주장이 있다면, 그것은 구애하는 배우는 자신의 관객이 무엇에 감동을 받을지 전혀 알 수 없다는 것이다. 연기를 정당화할 수 있는 유일한 근거는 원래대로의 행동과

비교할 때 그것이 더 효과가 있다는 것이다. 그러나 클로이의 성격의 복잡함이나 연기의 매력에 대한 의구심을 감안하면, 내가 클로이를 유혹할 가능성은 정직하거나 꾸밈없이 행동한다고 해서 심각하게 감소할 리 없었다. 비진정성은 내 인격이나 의견을 가지고 우스꽝스럽게 재주넘기를 하는 것에 지나지 않았다.

21 우리는 계획보다는 우연에 의해서 목표에 이르는 경우가 많다. 이것은 실증주의와 합리주의 정신에 심취한 구애자, 세심하게 과학적 연구를 통해서 사랑에 빠지는 법칙을 발견할 수도 있다고 믿는 구애자에게는 기운이 빠지는 이야기이다. 구애자는 사랑하는 사람을 덫에 걸 **사랑의** 고리를 찾을 수 있다는 희망을 품고 일을 진행한다. 어떤 웃음, 의견, 포크를 쥐는 방식 같은 것. ……그러나 불행하게도, 설사 모든 사람에게 사랑의 고리가 존재한다고 해도, 구애하는 과정에서 그것을 발견하는 것은 계산이라기보다는 우연에 의해서이다. 사실 클로이가 어떤 행동을 했기에 내가 그녀를 사랑하게 된 것일까? 나의 사랑은 하이데

거의 『존재와 시간』의 장점에 대해서 그녀가 나와 의견이 같다는 사실만큼이나 그녀가 웨이터에게 버터를 주문하는 모습이 귀엽다는 사실과도 관련을 맺고 있었다.

22 사랑의 고리들은 극단적인 개성을 특징으로 하고 있기 때문에 모든 논리적 인과법칙에 도전하는 것처럼 보인다. 가끔 나를 유혹하기 위해서 여자들이 적극적인 행동을 하는 경우가 있었지만, 내가 그런 행동에 매력을 느꼈던 적은 거의 없다. 나는 아주 주변적이고 부수적인 사랑의 고리에 걸리는 경향이 있었다. 유혹하는 여자 자신도 의식하지 못하기 때문에 자신의 중요한 자산으로 내세우지 못하는 것들이었다. 나는 코밑에 약간 솜털이 있는 여자를 사랑한 적이 있다. 나는 보통 여자의 콧수염에는 까다로운 편인데, 이상하게도 이 여자의 경우에는 거기에 매력을 느꼈다. 내 욕망은 그녀의 따뜻한 웃음, 긴 금발, 지적인 대화보다도 그 솜털이 있는 곳에 집중을 하겠다고 고집을 부렸다. 나는 친구들과 그녀의 매력에 대해서 이야기하면서, 애써 그것이 그녀가 지니고 있는, 뭐라고 규정할 수 없

는 "분위기"와 관계가 있다고 주장했다. 어쨌거나 내가 다름 아닌 코 밑의 솜털과 사랑에 빠졌다는 것은 엄연한 사실이었다. 다시 그 여자를 만났을 때, 누가 전기분해 요법을 권했는지 솜털은 사라지고 없었다. 내 욕망도 [그녀의 다른 많은 장점에도 불구하고] 그녀의 솜털을 따라서 사라져버렸다.

23 이슬링턴으로 돌아가려고 길에 나섰을 때 유스턴 로드에는 여전히 차가 꽉 막혀 있었다. 클로이를 집에 데려다주기로 이미 이야기가 되어 있었다. 그런 질문이 의미를 가지기 오래 전에 결정된 일이었다. 그럼에도 구애자의 고민[키스를 할 것이냐 말 것이냐]이 차 안에 있는 우리를 짓누르고 있었다. 구애의 어느 시점에서 배우는 관객을 잃을 위험을 무릅써야 한다. 유혹하는 자아는 연기로 환심을 사려는 시도를 하지만, 게임은 결국 둘 가운데 한 사람이 상황을 규정할 것을 요구하며, 그 과정에서 사랑하는 사람을 소외시키는 위험을 무릅써야 한다. 키스는 모든 것을 바꾸어버릴 것이다. 두 살갗이 접촉하게 되면 우리는

돌아올 수 없는 길로 들어가, 암호화된 말의 교환은 끝이 나고 드디어 이면의 의미들을 인정하게 될 것이었다. 그러나 리버풀 로드 23a번지의 문 앞으로 다가가면서 나는 기호들을 오독했을 위험에 겁을 집어먹고, 비유적인 의미의 커피 한 잔을 제안할 때가 아직 도래하지 않았다고 결론을 내렸다.

24 그러나 그렇게 긴장된 자리에서 식사를 하고 초콜릿까지 잔뜩 먹은 터라 내 위가 갑자기 완전히 다른 종류의 요구를 하기 시작했다. 나는 어쩔 수 없이 아파트에 올라가게 해달라고 요청했다. 나는 클로이를 따라 계단을 올라가 거실로 들어갔고, 그곳에서 욕실로 안내받았다. 몇 분 뒤에 나왔을 때도 내 의도에는 변함이 없었다. 나는 외투로 손을 뻗으며 내 사랑에게, 절제가 최선이며 지난 몇 주 동안 품었던 공상은 공상으로 끝나야 한다고 결심한 남자의 사려 깊은 권위로 즐거운 저녁을 보냈으며, 곧 다시 만나고 싶다고, 크리스마스 휴가가 끝나면 전화하겠다고 말했다. 나는 그렇게 성숙한 작별을 하게 된 나 자신을

대견해하며, 그녀의 양 볼에 입을 맞추고 잘 자라는 인사를 건네면서 아파트를 떠나려고 몸을 돌렸다.

25 상황을 고려할 때, 클로이가 내 말에 쉽게 설득당하지 않고, 내 목도리 끝을 잡아 나의 도주를 저지한 것은 다행스러운 일이었다. 그녀는 나를 아파트 안으로 다시 끌어당겨 두 팔로 나를 끌어안았다. 그녀는 내 눈을 똑바로 바라보며 싱긋 웃었다. 아까 초콜릿을 기다릴 때 딱 한 번 보여주었던 웃음이었다. 그녀는 속삭였다. "우리는 애들이 아니잖아요."

26 그녀는 그 말이 끝나기가 무섭게 내 입을 자신의 입으로 덮었으며, 인류 역사상 가장 길고 가장 아름다운 키스가 시작되었다.

일과 행복

근대 작업장의 가장 주목할 만한 특징은 컴퓨터, 자동화, 세계화 등과는 전혀 관계가 없다. 그 특징은 우리의 일이 우리를 행복하게 해주어야 한다는 널리 퍼진 믿음이다. 어느 사회나 일을 그 중심에 두어왔다. 그러나 우리가 사는 사회는 처음으로 일이 벌이나 고행이 아닌 다른 어떤 것일 수 있다고 주장한다. 우리 사회는 처음으로 정신이 멀쩡한 인간이 경제적 압박을 받지 않아도 일을 하고 싶어할 것이라고 말한다. 우리는 또 어떤 일을 선택하느냐로 우리가 어떤 사람인지를 규정받는다는 점에서도 독특하다. 그래서 우리가 처음 알게 된 사람에게 묻는 핵심적인 질문은 어디 출신이냐, 부모가 누구냐가 아니라 무슨 일을 하느냐이다. 마치 오직 이 사실만이 인간생활에 독특한 성격을 부여하는 어떤 특징을 효과적으로 드러낼 수 있기라도 한 것처럼.

그러나 늘 그랬던 것은 아니다. 그리스-로마 문명은 일을 노예에게나 맡겨야 할 잡스러운 짓으로 보는 경향이 있었다. 플라톤과 아리스토텔레스 모두 상당한 개인 자산이 있어야만 충일감을 맛볼 수 있다고 생각했다. 그래야 일상의 의무에서 벗어나 자유롭게 윤리적이고 도덕적인 문제를 명상하는 일에 헌신할 수 있다고 보았기 때문이다. 고대인이 생각하는 좋은 삶에서 사업가나 상인은 아무런 역할을 하지 못했다. 초기 기독교 역시 노동을 냉혹한 눈으로 바라보았다. 노동이 어쩔 수 없이 져야 할 현실적인 짐이라는 생각만으로도 모자라서, 거기에 인간은 아담의 죄를 갚기 위해서 고된 노동을 할 운명을 타고난 존재라는 훨씬 더 어두운 생각까지 보태놓은 것이다. 노동 조건은 아무리 가혹해도 개선될 수가 없었다. 일이 비참한 것은 우연이 아니었다. 일은 지상에서 겪어야 할 고난의 핵심적 요소 가운데 하나였다. 성 아우구스티누스는 노예들에게 주인에게 복종하고, 삶의 고통을 "비참한 인간 조건"—그가 『신국』에서 사용한 표현이다—의 일부로 받아들이라고 권고했다.

노동을 바라보는 근대적인, 그러니까 전보다 한결 명랑해진 태도가 처음 드러나는 것은 르네상스 시대 이탈리아의 도시국가들, 특히 그 시대에 활약한 화가들의 전기에서이다. 미켈란젤로나 레오나르도와 같은 사람들의 삶을 묘사하는 글에서 우리는 이상적인 노동에 관한 몇 가지 익숙한 관념들과 마주친다. 노동은 진정성과 영광에 이르는 길이라거나, 예술적인 작업은 짐이나 벌이 아니라 우리가 평범한 삶의 한계를 넘어서게 해주는 매개라거나. 그러니까 종이 또는 캔버스에서는 일상생활에서 불가능한 방식으로 우리의 재능을 표현할 수 있다는 것이다. 물론 이런 새로운 관점은 예술적 엘리트에게만 적용되지만(하인한테 노동을 통해서 진정한 자아를 발전시킬 수 있다고 말한 사람은 아직 없었다. 이러한 주장을 들어보려면 근대의 경영 이론을 기다려야 한다), 이것이 전범이 되어 그 이후 일을 통해서 얻는 행복이 정의된다.

이 전범은 18세기 말에 이르러 예술적 영역을 넘어 다른 영역으로까지 폭넓게 확대된다. 벤저민 프랭클린, 디드로, 루소 등과 같은 부르주아 사상가들의 글에서 일은 단지 돈을 버는 수단이 아니라, "자기 자신이 되는" 방법으로 다시 규정되는 것을 볼 수 있다. 전형적인 부르주아적 방식으로 필요와 행복의 화해가 이루어지는 셈인데, 이것은 당시의 결혼을 대하는 태도의 변화에도 그대로 반영된다. 결혼이 현실적 이익과 성적이고 감정적인 충만 양쪽 모두를 가져다줄 수 있는 제도(과거의 귀족은 이런 행복한 결합이 불가능하다고 생각했고, 그래서 정부와 부인이 다 필요하다고 생각했다)로 다시 묘사되던 것과 마찬가지로, 일 역시 생존에 필요한 돈을 벌게 해줄 뿐만 아니라 생활에 자극을 주고 자기를 표현할 기회도 준다—이것은 한때는 유한계급만이 누릴 수 있는 것이었다—고 주장하게 된 것이다.

  그러면서 사람들은 자신이 하는 일에서 새로운 자부심을 경험하기 시작했다. 사람들이 일을 선택하는 것이 정의롭게 이루어지는 것처럼 보이게 되었기 때문이다. 토머스 제퍼슨은 『자서전』에서 자신의 가장 자랑스러운 업적이 능력주의에 기초한 미합중국을 창조한 것이라고 말했다. 불공정한 특권을 누릴 뿐만 아니라 많은 경우 어리석기 짝이 없던 낡은 귀족 대신에 "덕과 재능을 갖춘 새로운 귀족"이 등장했다는 것이다. 능력주의는 일자리에 새로운 특질, 마치 도덕적인 것처럼 보이는 특질을 부여했다. 이제 존경받고 보수가 좋은 자리는 지능과 능력을 갖춘 사람에게만 돌아가는 것처럼 보이게 되었다. 따라서 내가 하는 일은 나라는 사람에 관하여 직접적으로 의미 있는 말을 해 줄 수 있었다. 이제 자리가 내적인 자질과 완전히 분리되어 있다고 주장하거나, 부유하고 권력 있는 사람들이 반드시 부패한 수단으로 그런 자리에 올랐다고 주장할 수가 없었다.

이에 따라서 19세기에, 특히 미국에서 많은 기독교 사상가들이 돈을 보는 관점을 바꾸었다. 미국의 신교 교파들은 신이 신자들에게 세속적으로나 영적으로나 성공적인 삶을 살 것을 요구한다고 주장했다. 이 세계에서 모은 재산은 내세에서 좋은 자리를 얻을 자격이 있다는 증거였다. 이러한 태도는 토머스 P. 헌트 목사가 1836년에 낸 베스트셀러 『부에 관하여 : 부자가 되는 것이 모든 사람의 의무라는 사실은 성경이 증명한다』에도 반영되어 있다. 존 D. 록펠러는 부끄러움 없이 주님이 자신을 부자로 만들었다고 말했다. 매사추세츠 감독파 교회의 감독 윌리엄 로런스는 1892년에 이렇게 주장했다. "결국 부는 도덕적인 인간에게만 온다. 시편 저자가 말했듯이 가끔 악한 자가 번창하는 것을 보기도 하나, 그것은 가끔일 뿐이다. 경건한 삶에는 부가 따른다."

능력주의 시대에는 천한 직업을 가진 것이 단지 가엾기만 한 것이 아니다. 그런 직업은 그 반대의 기분 좋은 직업과 마찬가지로 **능력에 따라서** 주어진 것이기도 하다. 따라서 사람들이 서로 무슨 일을 하느냐고 물어보고, 또 그 대답에 아주 신중하게 귀를 기울이는 것도 놀랄 일은 아니다.

이런 변화는 환호할 만한 일처럼 보이지만, 실제로는 결혼을 보는 태도와 마찬가지로 노동을 대하는 근대적 태도 역시 알게 모르게 문제를 일으킨다. 그 야망과 낙관이 발단이 된다. 현재 쏟아져 나오는 일에 관한 주장들은 현실이 제공할 수 있는 것과 명백하게 어긋난다. 어떤 일자리들은 분명 충일감을 주지만, 대부분은 그렇지 않으며, 결코 그렇게 될 수도 없다. 따라서 듣기와는 딴판으로 일을 해도 행복하지 않다면서 스스로를 괴롭히지 않기 위해서라도, 근대 이전 시기의 비관적인 목소리 몇 가지에 귀를 기울여볼 필요가 있다.

윌리엄 제임스는 행복과 기대의 관계에 관해서 예리한 주장을 한 적이 있다. 그는 우리가 노력을 기울이는 모든 영역에서 성공을 거둔다고 해서 반드시 자신에게 만족감을 느끼는 것은 아니라고 주장했다. 또 어떤 일을 못했다고 해서 늘 수치를 느끼는 것도 아니다. 주어진 일의 성취에 자존심과 가치를 투자했을 때에만 그 일을 하지 못했을 때 수치를 느낀다. 우리가 무엇을 승리라고 해석하고 무엇을 실패로 여길지 결정하는 기준은 우리의 목표라는 이야기이다.

시도가 없으면 실패도 없고, 실패가 없으면 수치도 없다. 따라서 이 세계에서 자존심은 전적으로 자신이 무엇이 되도록 또 무슨 일을 하도록 스스로를 밀어붙이느냐에 달려 있다. 이것은 우리 스스로 가지고 있다고 상상하는 잠재력에 대한 실제 성취 비율에 의해서 결정된다.

$$자존심 = \frac{이룬\ 것}{내세운\ 것}$$

만약 일에서 행복을 얻기가 그렇게 힘들다면, 그것은 우리가 스스로 할 수 있다고 내세우는 것이 현실과 너무 동떨어져 있기 때문이다. 우리는 모든 일자리에서 프로이트나 루스벨트가 맛보았던 만족감의 일부라도 맛볼 수 있기를 기대한다. 아니, 우리는 그렇게 되기를 기대하는 대신에 마르크스를 읽고 있어야 하는지도 모른다. 물론 마르크스는 더 나은 세상에 관한 처방에서는 틀렸지만, 왜 일이 그렇게 비참할 때가 많은지에 대한 진단에서는 지금 보아도 상당히 날카롭다. 임마누엘 칸트는 『도덕형이상학원론』(1785)에서 다른 사람들에게 도덕적으로 행동한다는 것은 그들을 부나 명예를 얻기 위한 "수단"으로 이용하는 것이 아니라 "그들 자체로" 존중한다는 뜻이라고 주장했다. 마르크스는 『공산당 선언』(1848)에서 칸트를 참조하면서 부르주아지와 그들의 새로운 과학인 경제학이 대규모로 "부도덕"을 자행한다고 비난했다. 그는 이런 유명한 말을 남겼다. "[경제학은] 노동자를 일하는 동물로밖에 알지 못한다―최소한의 육체적 요구만 남은 짐승으로 아는 것이다." 마르크스의 말에 따르면 피고용인에게 주는 임금은 "바퀴가 계속 돌아가도록 칠하는 윤활유와 같다. 일의 진정한 목적은 이제 인간이 아니라 돈이다."

마르크스가 역사가로서는 능력이 떨어져서 산업화 이전의 과거를 별나게 이상화하고 부르주아지를 지나치게 혹평했는지도 모른다. 그러나 그의 이론은 고용자와 피고용자 사이의 피할 수 없는 갈등을 포착하고 극화했다는 점에서 여전히 가치가 있다. 모든 기업은 원료, 노동, 기계를 가장 싼 값에 모은 다음, 그것을 결합하여 제품을 만들어 가능한 가장 높은 값으로 팔려고 한다. 경제적 관점에서 보면 방정식의 투입 부분에 들어가는 요소들 사이에는 아무런 차이가 없다. 모두가 상품일 뿐이며, 합리적인 조직이라면 이들을 값싸게 구해서 능률적으로 처리함으로써 이윤을 내려고 할 것이다. 그러나 곤혹스럽게도 "노동"과 다른 요소들 사이에는 한 가지 차이가 있다. 재래 경제학에는 이 점을 표현할 또는 중시할 수단이 없었지만, 그럼에도 이것은 세상에 불가피하게 존재하는 차이이다. 바로 노동자는 고통과 쾌락을 느낀다는 것이다. 생산 라인은 가동비용이 엄청나게 비싸지면 가동이 중단되기도 하는데, 이때 기계는 자신의 불행한 운명을 한탄하지 않는다. 석탄 사용을 중단하고 천연가스를 사용해도 도태된 에너지 자원은 절벽에서 뛰어내리지 않는다. 그러나 노동자는 자신의 가격이나 존재를 축소하려는 시도에 감정적으로 대응하는 습관이 있다. 노동자는 화장실에 들어가 흐느끼기도 하고, 실적 미달에 대한 두려움을 술로 달래기도 하며, 해고를 당하느니 차라리 죽음을 택하기도 한다.

이런 감정적인 반응을 보면 작업장에는 두 가지 요구가 공존한다는 것을 알 수 있다. 하나는 사업의 일차적 목적은 이윤의 실현이라고 규정하는 경제적 요구이다. 또 하나는 경제적 안정, 존중, 종신직, 나아가 형편이 좋을 때는 재미까지도 갈망하는 피고용자의 인간적 요구이다. 이 두 가지 요구가 오랜 기간 이렇다 할 마찰 없이 공존할 수도 있지만, 이 둘 사이에서 진지하게 어느 한 쪽을 택해야 하는 상황이 오면 상업적 체제의 논리에 따라서 언제나 경제적 요구가 선택된다. 임금에 의존하는 모든 노동자들은 이 사실을 잘 알기 때문에 그들의 삶에서는 불안이 사라질 수 없다. 노동과 자본 사이의 투쟁은 적어도 선진국에서는 이제 마르크스의 시절처럼 맹렬하지 않다. 그러나 노동 조건의 향상과 고용 관련법에도 불구하고, 생산 과정에서는 노동자들의 행복이나 경제적 복지가 여전히 부차적인 자리를 차지할 수밖에 없으며, 노동자들은 기본적으로 도구 노릇에 머물게 된다. 고용자와 피고용자 사이에 어떤 동지애가 이룩된다고 해도, 노동자가 아무리 선의를 보여주고 아무리 오랜 세월 일에 헌신한다고 해도, 노동자들은 자신의 지위가 평생 보장되지 않는다는 것, 그 지위가 자신의 성과와 자신이 속한 조직의 경제적 성공에 의존한다는 것, 따라서 자신은 이윤을 얻기 위한 수단일 뿐이지 감정적인 수준에서 늘 갈망하는 바와는 달리 결코 그 자체로 목적일 수 없다는 것을 잘 알고 있다. 따라서 늘 불안하게 살아갈 수밖에 없다.

이것은 매우 슬픈 일이지만, 사실 우리가 현실에 눈을 감고 일에 대한 기대를 극단적인 수준으로 올려버릴 때와 비교하면 그 반도 슬프지 않다. 인생은 고통일 수밖에 없다는 확고한 믿음은 수백 년간 인류의 가장 중요한 자산 중 하나였다. 이것은 마음이 독에 물드는 것을 막아주는 보루가 되기도 했고, 좌절할 수밖에 없는 희망의 길로 가는 발걸음을 막아주는 보호벽이 되기도 했다. 그러나 근대적 세계관이 배양한 기대가 이 보루와 보호벽을 잔인하게 제거하고 말았다.

따라서 휴가를 마무리할 시간이 다가오면, 일이 행복을 가져다줄 것이라는 기대를 하지 않는 쪽이 일을 견디는 데에는 도움이 된다는 사실을 기억해두는 것이 좋겠다. 그래야 우리의 슬픔을 그나마 다독일 수 있을 테니까.

동물원에 가기

아이도 없이 동물원에 간다고 하면 사람들이 이상하게 본다. 아이들 한 무리를 거느리고, 거기에 녹아서 흘러내리는 아이스크림에 풍선까지 몇 개 갖추어야 이상적이라고 할 수 있다. 발톱이 작은 동양 수달이나 표범무늬 도마뱀붙이가 있는 동물원 우리를 바라보는 것은 어른이 오후를 보낼 만한 방법으로는 여기지 않는다. 요즘 런던에서 던질 수 있는 우아한 질문은 국립미술관에서 앵그르 전시회를 보았냐는 것이지, 레전트 파크 동물원에 새로 들어온 난쟁이하마를 보았냐는 것이 아니다.

그러나 다섯 살 난 조카가 막판에 마음을 바꾸었음에도 (이 날이 하필이면 가장 친한 친구의 생일이라는 사실이 기억났던 것이다), 나는 고집스럽게도 계획했던 대로 오후를 보내기로 했다. 풍선까지는 아니지만 그래도 아이스크림은 하나 샀다. 처음 들었던 생각은 동물들이 아주 이상해 보인다는 것이었다. 가끔 고양이, 개, 말을 본 것 외에 내가 진짜

동물, 정글북에 나올 만한 특별한 동물을 본 지는 꽤 오래
되었다. 낙타를 한번 보자. 목은 U자 모양으로 생겼고, 털
이 덮인 피라미드 두 개가 솟아 있으며, 속눈썹은 마스카
라를 잔뜩 발라놓은 것 같고, 입 안에는 누런 뻐드렁니가
가득하다. 편리하게도 안내문이 몇 가지 사실을 이야기해
준다. 낙타는 사막에서 물을 마시지 않고 열흘을 버틸 수
있다. 혹에는 물이 아니라 지방이 가득하다. 속눈썹은 모
래가 들어오는 것을 막기에 알맞은 생김새이다. 간과 신장
이 먹이에서 수분을 완전히 빨아들이기 때문에 바싹 마르
고 단단한 똥을 눈다. 안내문은 낙타가 지구상에서 가장
적응이 잘 된 동물로 꼽힌다고 결론을 내린다. 그 순간 나
는 어린 아이처럼 질투심이 솟는 것을 느꼈다. 인간의 간
과 신장은 기능이 형편없기 때문이다. 인간에게는 털로 덮
인 혹이 없어 늦은 오후가 되면 간식을 먹어야 하기 때문
이다.

　동물들이 결국 그렇게 이상하게 보이게 된 것은 자연 환
경에 적응했다는 표시이다라고 다윈은 말했다. 레전트 파
크 동물원에서는 그 말을 의심할 사람이 아무도 없을 것
이다. 스리랑카에서 온 슬로스 곰의 입술은 길고 움직임이

좋으며, 위쪽 앞니 두 개가 없다. 그래서 집에 들어가 있는 개미나 흰개미를 편하게 빨아낼 수 있다. 식당에서 점심을 사 먹는 사람이라면 자기 얼굴이 그렇게 독특한 모양으로 바뀔지도 모른다는 걱정은 하지 않아도 될 것 같다. 나는 진흙탕에서 뒹구는 타르 색깔의 난쟁이하마들을 지켜보며 아이스크림을 마저 먹다가 우울한 생각을 하게 되었다. 머릿속에는 "공룡"이라는 말이 떠올랐다. 그 하마들이 공룡을 닮아서가 아니라, 환경에 제대로 적응하지 못해서 목숨이 위태로워진 본보기로 그 말이 떠올랐던 것이다. 세상에는 이제 난쟁이하마가 몇 마리 남지 않았다. 아프리카에 있는 그들의 자연 서식지의 미래는 그들보다 더 유연하고, 더 호색적인 가젤과 같은 것들의 차지가 될 것이다.

동물원에 가보면 십인십색이라는 속담이 실감난다. 모든 동물은 어떤 것에는 놀랄 만큼 적응이 되어 있는 것 같지만, 다른 것에는 가망이 없을 정도로 어울리지가 않는다. 참게는 『보그』의 페이지를 장식할 일이 결코 없을 것이고(꼭 작은 군용 철모에 흰 다리를 달아놓은 것처럼 생겼다), 기번을 읽지도 못하겠지만, 심해 생존 분야에서는 발군으로 상어한테도 잡아먹히지 않는다. 참게는 이따금 대양 바닥을 슬그머니 가로질러 연체동물이나 한 마리 움켜쥐며 고적한 삶을 즐기고 있다.

동물과 동일시를 하는 것은 어렵지 않다. 저녁식사를 한 뒤에 어쩔 수 없이 '동물이 되어야 한다면 뭐가 되고 싶은가' 놀이—안타깝게도 픽쇼너리(그림으로 단어를 알아맞히는 놀이/역주)에 밀려나고 있지만—를 하게 되었을 때 대꾸할 만한 동물을 찾는 것이 어렵지 않다는 것이다. 플로베르는 이 놀이를 아주 좋아했다. 그는 편지에서 자신을 보아 뱀(1841)에 비유하기도 했고, 껍질 속의 굴(1845)에 비유하기도 했고, 자신을 보호하려고 몸을 똘똘 마는 고슴도치(1853, 1857)에 비유하기도 했다. 나는 말레이 맥, 새끼 오카피, 야마, 거북이(특히 일요일 저녁에는)와 동일시하게 되었다.

동물원은 동물을 인간처럼 보이게 하는 동시에 인간을 동물처럼 보이게 하여 마음을 어지럽힌다. "원숭이는 인간의 가장 가까운 친척이다." 오랑우탄 우리에는 그런 설명이 붙어 있다. "비슷한 점이 몇 가지나 보이는가?" 물론 너무 많이 보여 마음이 편치 않을 정도이다. 털을 깎아내고 티셔츠에 운동복 바지를 입혀보라. 그러면 우리 한구석에서 코를 긁고 있는 저 오랑우탄은 영락없이 내 사촌이다. 차이가 있다면 내 사촌 조는 벨사이즈 파크에 커다란 아파트가 있고, 올 여름에 아이들과 함께 도싯에서 두 주를 보낼 예정이라는 점뿐이다. 1842년 5월 빅토리아 여왕은 레전트 파크 동물원을 방문한 뒤, 일기에 캘커타에서 온 새 오랑우탄 이야기를 적어놓았다. "아주 멋지다. 차도 만들어 마신다. 하지만 고통스럽게도 또 불쾌하게도 그는 인간적이다." (이 글을 읽으면서 나 자신이 포획되어 홀리데이인 호텔의 객실 같은 우리에 갇히는 상상을 한다. 해치를 통해서 하루에 세 끼 식사가 들어온다. 텔레비전을 보는 것밖에는 할 일이 없다. 밖에서는 기린 한 무리가 나를 보고 낄낄거리며 카메라로 찍기도 하고, 커다란 아이스크림을 핥기도 한다. 어떤 기린은 나를 보며, 거 참 목 한번 되게 짧네, 하고 말하기도 한다.)

어쩌면 불가피한 일이겠지만, 나는 데즈먼드 모리스라는 안경을 쓰고 동물원을 나오게 된다. 새러한테 저녁을 먹자고 전화하는 행위에서도 이전의 순수함을 회복할 수 없다. 그것은 인간 종의 짝짓기 의식의 일부일 뿐이다. 야마가 가을밤에 서로 이상한 휘파람 소리를 내면서 하는 일과 근본적으로 다르지 않다.

그러나 사람의 기괴한 짓들이 기본적으로 단순한 동물

적 욕구—먹이, 서식지, 자신의 유전자를 가진 후손의 생
존 등을 향한 욕구—의 복잡한 표현일 뿐이라고 보게 되
면 마음이 편해지기도 한다. 이러다가 레전트 파크 동물원
의 1년 자유이용권을 끊을지도 모르겠다.

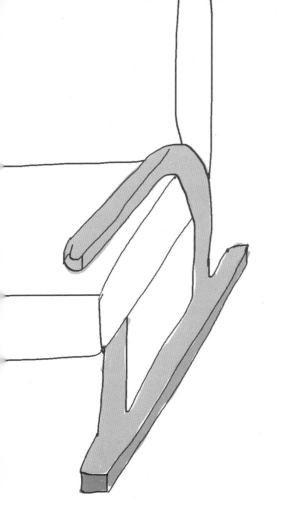

독신남

함께 로맨틱해질 사람이 없는 사람보다 더 로맨틱한 사람은 없다. 정신을 팔 일이나 친구도 없어 깊은 외로움에 빠져 있을 때, 우리는 드디어 사랑의 본질과 필요성을 이해할 수 있다. 전화기가 옴짝달싹도 하지 않았던 주말, 매끼니 통조림을 따서 식사를 해결하고 귀에 거슬릴 뿐 전혀 위로가 되지 않는 BBC 방송 해설자의 목소리—케냐 영양의 짝짓기 습관을 설명하고 있다—를 들으며 주말을 보낸 뒤에야 우리는 왜 플라톤이 사랑이 없는 인간은 팔다리가 반뿐인 생물과 같다고 말했는지(『향연』, 기원전 416년) 이해를 할 수 있다.

그런 버려진 순간에 피어오르는 백일몽은 도저히 성숙한 것이라고 부르기 어렵다. 성숙하다는 말에서 이상화나 로맨틱한 방만의 위험에 대한 경계심을 연상한다면 말이다. 에든버러로 가는 기차에서 내가 배정받은 자리 맞은편에는 젊은 여자가 앉아 있었다. 여자는 회사 보고서 같은 것을 읽으며 네모난 종이 상자에 든 사과 주스를 빨았다. 기차는 북쪽으로 가고 있었다. 나는 풍경(바싹 마른 들판, 폐허가 된 산업지대)에 관심이 있는 척했지만, 내 신경은 내 내 그 천사 같은 여자에게 달라붙어 있었다. 짧은 갈색 머리, 창백한 피부, 푸르스름한 잿빛 눈, 코에 잔뜩 모인 주근깨, 줄무늬가 있는 세일러복 상의. 상의에는 작지만 분명한 얼룩이 묻어 있었다. 점심 때 먹은 마카로니에서 튄 것인지도 모른다. 맨체스터를 지난 뒤에 줄리엣은 회사 보고서를 치우더니 요리책을 꺼냈다. 『중동의 음식』. 미간에 주름이 잡혔다. 집중했다는 표시였다. 속을 채운 가지. 또 팔라펠, 타불레, 그리고 구루코처럼 보이는 것. 마지막 요리는 시금치가 많이 필요할 것 같았다. 그녀는 구불구불하고 단단해 보이는 필체로 메모를 했다.

사람은 아주 하찮은 것으로도 사랑에 빠질 수 있다. 뭐 사랑이라는 말이 좀 그렇다면, 기질에 따라서는 반한 상태, 병, 착각이라고도 부를 수 있는, 다른 사람을 향하여 뜨겁게 고조된 그런 상태에 빠질 수 있다는 것이다. 기차가 뉴캐슬을 지날 무렵 나는 결혼을 생각하고 있었다. 벚나무가 줄지어 있는 거리의 집, 그곳에서 보내는 일요일 저녁을 생각했다. 그녀는 내 옆에 머리를 뉘고, 나는 손으로 그녀의 밤색 머리카락을 빗어주겠지. 그렇게 우리는 조용히 그녀가 만든 중동의 이런저런 요리를 소화시키며 시간을 보내고 있을 것이다. 그리고 나는 마침내, 영원히, 또 무한히 감사하는 마음으로, 나도 세상에서 내 자리를 가지게 되었다는 충만감을 맛볼 것이다.

에든버러로 가는 기차나 점심시간을 맞아 샌드위치를 사려고 서 있는 줄이나 공항 대합실에서 잠깐 스쳐 지나가는 어떤 얼굴 때문에 생겨난 이런 순간들이 밋밋하게 펼쳐지는 독신남의 생활에 구두점을 찍어준다. 물론 서글픈 일이지만, 한 쌍의 남녀라는 제도를 이루는 데는 필수적인 과정이다. 여자들은 홀로 있는 남자들의 절망에 감사해야 한다. 그것이야말로 미래의 충성과 이타심의 기초이기 때문이다. 뒤집어 말하면 로맨스라는 면에서 잘나가는 유형의 남자들을 의심할 만한 이유도 되겠다. 그런 남자들은 넘치는 매력 때문에 내가 겪었던 이런 희비극적 과정을 알지 못한다. 말 한마디 붙여볼 기회도 주지 않고, 사과 주스 팩과 내 머릿속의 결혼 계획만 뒤에 남겨놓은 채 다음 역에서 내려버린 여자 때문에 며칠씩 마음 아파하는 그 과정을.

따분한 장소의 매력

1

취리히가 세상의 위대한 부르주아 도시들 중 하나라고 묘
사하는 것은 내 고향 취리히에 바칠 수 있는 가장 진지한
찬사이다. 물론 이것은 찬사처럼 들리지 않는다. 19세기
초 낭만주의 운동이 시작된 이래 "부르주아"라는 말은 많
은 사람들에게 심한 모욕이 되었기 때문이다. 귀스타브 플
로베르는 "부르주아에 대한 증오가 지혜의 시작"이라고 말
했는데, 이것은 19세기 중반의 프랑스 작가라면 얼마든지
입에 올릴 만한 말이었다. 그들에게 이런 경멸은 여배우와
바람을 피우거나 동양을 여행하는 것과 마찬가지로 자신
의 직업의 휘장이나 다름없었다. 오늘날에도 여전히 서양
의 상상력을 지배하고 있는 낭만주의의 가치체계에 따르
면, 부르주아라는 것은 돈, 안전, 전통, 청소, 가족, 책임,
점잖음, 또 (어쩌면) 상쾌한 공기 속에서 기운차게 걷는 것
등등에 강박관념을 가진 채 열심히 일을 하는 것과 동의어

이다. 그 결과 지난 200년 동안 서양 세계에서 취리히만큼 철저하게 유행을 타지 않는 곳도 찾아보기 힘들어졌다.

2

스위스 밖에서 태어난 매력적인 아가씨들은 특히 취리히에 가는 것에 저항감을 느낀다. 그런 아가씨들은 로스앤젤레스나 시드니를 더 좋아한다. 설사 뭔가 프로테스탄트적이고 마음 편한 곳을 찾더라도, 취리히가 아니라 앤트워프나 코펜하겐을 고를 것이다.

나는 늘 여자들이 취리히에 흥미를 가지도록 유도하려고 노력했다. 취리히를 좋아할 수 있는 여자라면 나의 중요하고 깊은 곳을 좋아할 수 있을 것이라고 생각했다. 그러나 어려웠다. 사샤와 함께 했던 여행이 기억난다. 그녀는 화가였고, 묘한 매력이 있었고, 단순하지 않았다. 우리는 종종 한밤중에도 심한 말다툼을 벌이곤 했다. 가끔 말다툼은 이런 식으로 흘러갔다.

그녀 당신은 똑똑한 여자를 좋아하지 않아. 그래서 나랑 의견이 안 맞는 거야.

그 나는 똑똑한 여자를 정말 좋아해. 하지만 안타깝게도 너
는 그런 여자가 아니야.

우리 둘 다 이런 수준에서 잘 벗어나지 못했다. 이것은
연인들이 공개적인 전쟁이 벌어지지 않는 곳에서는 찾아
보기 힘든 무례를 얼마든지 행동으로 옮긴다는 것을 일
깨워주는 사례(이런 사례가 필요한 사람이 있을까 모르겠지만)
였다.

어느 주말 사샤와 나는 취리히로 날아갔다. 나는 취리히
가 얼마나 이국적인 곳인지 설명하려고 노력했다. 취리히
의 전차는 이국적이었다. "미그로" 슈퍼마켓도 마찬가지였
다. 아파트 단지의 옅은 회색 콘크리트와 크고 단단한 유
리창과 송아지 살코기도 그랬다. 우리는 보통 "이국적"이
라는 말을 낙타나 피라미드와 연결시킨다. 그러나 뭐든지
다르고 또 바람직한 것이라면 얼마든지 그 말을 들을 자
격이 있을 것 같다. 내가 가장 이국적이라고 생각한 것은
모든 것이 찬란하게 따분하다는 점이었다. 아무도 무차별
사격으로 죽지 않았다. 거리는 고요했다. 어디나 깔끔했

다. 흔히 말하듯이(그러나 실제로 그렇게 말하는 사람을 볼 수
는 없지만), 전체적으로 아주 깨끗해서 점심으로 보도 블럭
을 깨서 먹을 수도 있을 것 같았다.

그러나 사샤는 따분해했다. 그녀는 런던의 해크니로 돌
아가고 싶어했다. 그녀는 깔끔함을 견딜 수 없었다. 공원
을 산책하던 도중 그녀는 벽에 낙서로 욕을 쓰고 싶다고
말했다. 그냥 그곳을 조금 흔들어놓기 위해서. 그녀는 일
부러 약간 비명을 질러보기도 했다. 그러자 어느 늙은 부
인이 신문을 읽다 말고 고개를 들었다. 그녀가 따분해하
는 것을 보면서 나는 내 친구 귀스타브 플로베르를 생각
했다. 그는 루앙에서 자랐는데, 그곳은 호수만 빼면 취리
히와 비슷한 곳이라는 느낌이 든다. "따분해, 따분해, 따
분해." 플로베르는 젊은 시절 일기에 그렇게 썼다. 그는 프
랑스에, 특히 루앙에 사는 것이 정말 지겹다는 이야기를
되풀이했다. 그는 어느 비참한 일요일을 마무리하면서 이
렇게 말하기도 했다. "오늘 나의 권태는 정말 끔찍했다. 프
랑스의 지방 도시는 얼마나 아름답고, 그곳에서 안락하
게 살아가는 사람들은 얼마나 세련되었는지! 그들의 이야
기는……세금과 도로 개선에 대한 것이다. 이웃은 놀라운

제도이다. 그것이 사회에서 차지하는 중요한 위치를 완전하게 표현하려면 그 단어는 늘 굵은 글자로만 써야 할 것이다. 이웃." 사샤는 플로베르를 따분해했다(『감정 교육』을 반쯤 읽다가 지루해서 중간에 그만두었다). 그래도 그녀와 플로베르는 따분한 곳에서 사는 것이 대단히 따분한 일이라는 데에는 의견 일치를 보았다.

그러나 어머니가 방학이 끝날 무렵이면 흔히 들려주는 말처럼, 따분해하는 사람은 주로 따분한 사람이다. 나는 사샤의 권태에 인내심을 잃기 시작했다. 나는 자신의 내부가 흥미로워 굳이 도시까지 "흥미롭기"를 바라지 않는 사람을 원했다. 정열의 샘에 늘 가까이 있어서 도시가 "재미" 없다고 해도 상관하지 않을 사람을 원했다. 인간 영혼의 어둡고 비극적인 면을 잘 알고 있어서 취리히 주말의 고요를 고맙게 생각할 사람을 원했다. 결국 사샤와 나는 오래가지 못했다.

3

나는 취리히에 계속 매혹을 느꼈다. 취리히에서 나에게 가장 매력적인 것은 그곳에서 "보통" 생활을 영위한다고 할 때 떠오르는 이미지였다. 런던에서 보통 생활을 한다는 것은 일반적으로 부러운 일이 아니다. "보통" 병원, 학교, 주택단지, 식당은 거의 언제나 끔찍하다. 물론 좋은 것들도 있으나, 그것은 아주 부유한 사람들만을 위한 것이다. 런던은 부르주아 도시가 아니다. 그곳은 부자와 빈자들의 도시이다.

근대 세속 사회를 바라보는 한 영향력 있는 입장에 따르면, "남들처럼" 되는 것만큼 창피한 운명은 없다. "남들"이란 평범한 사람들과 순응적인 사람들, 따분한 사람들과 교외에 사는 사람들을 아우르는 범주이기 때문이다. 제대로 생각하는 모든 사람들의 목표는 군중으로부터 두드러지고, 자신의 재능이 허용하는 대로 어떤 방식으로든 "뛰는" 것이다. 공공 부문에서 제공하는 주택, 운송, 교육, 의료가 시원찮으면 시민들은 자연스럽게 집단과 섞이는 것을 피하게 되고, 높은 담으로 바리케이드를 치고 그 뒤에 들어가 살려고 하게 된다. 보통이라는 것이 존엄과 안락에 대한 중간적인 요구도 충족시키지 못하는 삶을 영위한다는 의미일 때는 높은 지위를 향한 욕망이 강렬해질 수밖에 없다.

그러나 아주 드물기는 하지만 구성원 다수가 강력한 기독교적(종종 프로테스탄트적) 유산을 물려받은 공동체도 있다. 이런 곳에서는 구성원들이 공적인 영역의 원칙과 구조를 존중하며, 그 결과 사적인 영역으로 탈출하고자 하는 요구도 줄어든다. 도시의 공적인 공간이나 시설이 그 자체로 영광스러운 구경거리가 될 때에는 개인적 영광에 대한 야심도 어느 정도 줄어든다. 그냥 보통 시민이 되는 것이 괜찮은 운명처럼 보일 수 있기 때문이다. 스위스의 가장 큰 도시 취리히에서는 차를 소유하여 낯선 사람들과 함께 버스나 열차를 타는 일을 피하고 싶은 욕구가 로스앤젤레스나 런던만큼 강해지지 않는다. 이것은 취리히의 최고 수준의 전차 네트워크—청결하고, 안전하고, 따뜻하며, 그 정확성과 높은 기술 수준이라는 면에서는 배울 것도 많다—덕분이다. 불과 몇 프랑이면 효율적이고 당당한 전차를 타고 황제도 부러워할 만한 안락함을 느끼며 도시를 가로지를 수 있으니 굳이 혼자서 여행을 할 이유가 없는 것이다.

4

네덜란드의 17세기 화가 피테르 데 호흐를 깊이 사랑하기에
는, 너무 깊이 사랑하여 시대를 막론하고 자신이 가장 좋아
하는 화가 가운데 한 사람으로 꼽기에는 뭔가 막연하게 창
피한 구석이 있다. 그가 남긴 170점의 그림 중 대부분은 초
기의 아주 진부하고 지나치게 조악한 그림이거나 후기의 틀
에 박힌 그림이다. 그는 좁은 장르 안에서 활동했으며, 그
의 그림은 너무 예쁘면서도 충분히 예쁘지 않다. 라파엘로
나 푸생의 그림만큼 예쁘지는 않은 것이다. 또 그의 동포
화가들과 비교해보면 얀 스텐의 기발함도, 요하네스 페르
메이르의 우아함도, 판 라위스달의 운명도 찾아볼 수 없다.
그의 도덕성은 반동적으로 보일 수도 있다. 그는 인간의 일
중에서도 아주 진부한 것들을 찬양한다. 이를 잡거나, 안뜰
을 청소하는 것을 찬양하는 것이다. 그는 심지어 사람을 그
다지 잘 그리지도 못한다. 그가 그린 얼굴들을 자세히 보면
스케치보다 나을 것이 없다. 그럼에도 나는 취리히를 사랑
하는 것과 아주 비슷한 이유들 때문에 호흐를 오랫동안 사
랑해왔다. 그가 감상에 빠지는 일 없이 부르주아 생활을 이
해하고 찬양하기 때문이다. 그가 그리는 세계는 여러 가지

차이에도 불구하고 본질적으로 내가 자란 취리히와 똑같아 보인다.

호흐는 종종 가정생활의 미덕을 설교하는 네덜란드의 미술과 문학 전통에 들어가는 인물로 묘사된다. 물론 호흐의 그림들이 가정 내의 일들을 긍정적으로 바라보는 것은 사실이지만, 그의 그림을 보고 나서 용기를 내어 결혼생활을 깨버리거나 부엌을 엉망으로 내버려두게 되는 것은 아니지만, 그렇다고 그에게 가정적 미덕을 강조하는 투박한 도덕주의자의 낙인을 붙이는 것은 공평하지 않은 일 같다. 그는 결코 자식을 사랑하거나 집 안을 청결하게 유지하는 것이 중요하다고 말하지 않는다. 단지 어머니의 사랑이나 깔끔한 방을 환기력이 크고 감동적인 사례를 들어 제시하기 때문에 우리가 이의를 제기하기가 쉽지 않을 뿐이다.

나아가서 호흐의 예술에는 가정 내의 미덕을 지나치게 노골적으로 선전하며 으스대는 투가 전혀 없다. 그의 그림을 보면 가정의 소박한 기쁨이 매우 위태로운 것이라는 인상을 받게 된다. 비평가들은 호흐가 17세기 네덜란드를 실제 그대로 그리지 않았다고 주장할지도 모른다. 당시

많은 여자들이 남편에게 학대를 당했고, 많은 집들이 지저분하고 원시적이었으며, 상당한 피와 먼지와 고통이 있었는데, 호흐는 그것을 그대로 재현하지 않고 이상화했다고 지적할지도 모른다. 그러나 그의 예술은 결코 감상적이지 않다. 언제라도 힘들게 얻은 고요를 내몰 수 있는 어두운 힘들에 대한 자각이 결합되어 있기 때문이다. 우리는 굳이 그 당시 네덜란드 전체가 흠 없이 깨끗하지는 않았다는 이야기를 들을 필요가 없다. 호흐의 캔버스에 등장하는 복도 끝에 달린 많은 창문을 통해서 충분히 짐작할 수 있기 때문이다. 여자들이 가정에서 이루어놓은 질서가 전쟁이나 무책임한 남편에 의해서 파괴될 수도 있다는 이야기도 굳이 따로 들을 필요가 없다. 그 위험을 너무나 생생하게 느낄 수 있기 때문이다.

「학교 갈 준비를 하는 어린 소년과 함께 있는 여자」에서 어머니는 아들을 위해서 빵에 버터를 바른다. 아이는 의무를 수행하듯이 그녀 옆에 서 있다. 모자를 들고, 말쑥한 회색 코트를 입고, 광택이 나는 구두를 신은 그 모습은 영락없는 작은 어른이다. 이 장면이 감상적이지 않으면서도 감동적인 것은 어머니와 아들의 이런 친밀함이 덧없음을 느낄 수밖에 없기 때문이다. 캔버스 왼쪽의 복도는 열린 문으로 통한다. 문 밖은 거리이다. 그곳에는 학교라고 적힌 커다란 건물이 있다. 아이는 곧 오랜 세월 빵에 버터를 발라주고 머리에 이가 없나 확인해준 어머니에게 진 빚을 감추고 살아갈 것이다.

호흐의 예술은 우리가 매우 모호한 관계를 맺고 있을 수도 있는 부르주아라는 단어에서 긍정적인 연상들을 회복하는 데에 도움을 준다. 부르주아라는 말은 부정적인 함의가 가득해 보인다. 이 말은 순응, 상상력 부족, 경직, 현학, 속물근성을 암시하는 것 같다. 그러나 호흐의 세계에서 부르주아는 소박하지만 매력적인 옷을 입고, 너무 천박하지도 않고 또 너무 허세를 부리지도 않고, 자식들과 자연스러운 관계를 맺고, 방탕한 상태에 빠지지 않으면서도 감각적 기쁨들을 인정한다. 꼭 아리스토텔레스가 말하는 중용의 화신 같다. 호흐의 작품들은 소박한 생활, 예컨대 저녁식사, 집안일, 친구들과 한 잔 기울이는 것의 재미와 가치를 일깨워주는 귀중한 임무를 수행하여, 평범한 일상에서 속물적으로 탈출하고자 하는 헛된 야망과 유혹을 진정시켜준다. 호흐는 벽돌로 지은 건물, 윤기 나는 문

에서 반사되는 빛, 여자의 치마 주름의 아름다움에 관심을
기울여, 우리 세계 어디에나 있지만 흔히 무시해버리는 것
들에서 기쁨을 발견하도록 도와준다.

5

피테르 데 호흐가 가장 위대한 작품들을 그리기 약 70년
전, 미셸 드 몽테뉴는 『수상록』에서 호흐의 예술의 분위기
가운데 일부를 언어로 포착해냈다. 내가 보기에 그것은 취
리히의 위대함의 근거가 되는 특질들을 표현한 것이기도
하다. 몽테뉴는 독자들에게 평범한 삶으로 충분하다는 것
을 일깨우고자 이렇게 말한다.

적의 방어선을 돌파하고, 외교를 하고, 나라를 다스리는 것
은 화려한 행위이다. 그러나 꾸짖고, 웃고, 사고, 팔고, 사랑
하고, 미워하고, 가족과 함께—또 너 자신과 함께—상냥하
고 정의롭게 함께 사는 것, 늘어지거나 자신을 속이지 않는
것은 더 주목할 만한 일이고, 더 드물고, 더 어려운 일이다.
사람들이 뭐라고 말하건 그런 한적한 삶에서 이행해 나가

는 의무들은 다른 삶의 의무들만큼이나 어렵고 또 긴박한 것들이다.

  안타깝게도 이 점은 계속 잊혀간다. 우리는 아이를 위해서 빵에 버터를 바르고 이부자리를 펴는 것이 경이로운 일임을 잊어버린다. 18세기 영국의 초상화가 조슈아 레이놀즈 경은 분명히 이 점을 이해하지 못했다. 그는 18세기에 얀 스텐에 관해서 글을 쓰면서 스텐의 작품이 훌륭하지만 그가 레이덴, 그러니까 취리히와 같은 황량한 벽지僻地가 아니라 예술가들에게는 세상에서 가장 위대한 도시인 로마에 살 수 있었다면 "예술의 위대한 기둥이나 버팀목들과 같은 반열에 올라설 수도 있었을 것"이라고 말했다. 로마에서라면 그는 영감을 받아 진정 위대한 그림을 그렸을 것이고, 거지와 상인, 지방 도시와 구질구질한 일상생활에 구속될 필요가 없었을 것이라는 이야기이다. 그러나 네덜란드의 17세기 미술은 조슈아 레이놀즈 경의 말이 결정적으로 틀렸음을 증명하며, 이것이야말로 이 미술의 자랑이라고 할 만하다. 스텐과 페르메이르와 더불어, 피테르 데 호흐와 안뜰을 청소하는 그의 주부들도 큰 찬사를 받아

마땅한 것이다.

6

취리히가 이 세상에 주는 독특한 교훈은 어떤 도시가 그냥 따분하고 부르주아적이기만 해도 진정으로 상상력을 자극하고 인간미가 넘치는 장소가 될 수 있음을 우리에게 일깨워준다는 것이다.

We had Salad for

We had a tro·

글쓰기(와 송어)

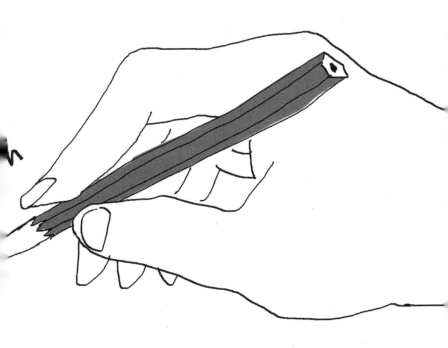

나는 여덟 살에 첫 책을 썼다. 노르망디 해변 홀게이트 휴양지에서 부모님, 개, 누이와 함께 보낸 여름방학 일기였다. "어제는 별 일이 일어나지 않았다. 오늘은 날씨가 좋다. 우리는 하루 종일 수영을 했다. 점심으로 샐러드를 먹었다. 저녁으로 송어를 먹었다. 저녁식사 뒤에는 페루에서 황금을 찾은 사람에 관한 영화를 보았다." 1978년 8월 23일 수요일에 쓴 당시의 전형적인 일기이다(난독증에 걸린 것이 아니라, 영어를 배우는 중이라서 글이 그 모양이다). 아주 좋은 의도와 단정한 글씨에도 불구하고 이 책을 도저히 읽어줄 수가 없는 이유는 저자가 실제로 일어난 일을 제대로 포착하지 못했기 때문이다. 송어와 날씨 이야기가 나오는 등 사실들이 나열되어 있기는 하지만, 이 그림에서 삶은 빠져나가고 보이지 않는다. 마치 사람의 발과 구름만 나오는 홈 비디오를 보는 것 같다. 관객은 어리벙벙하여 도대체 눈높이에서는 무슨 일이 벌어졌을지 궁금증을 느끼게 된다.

많은 글쓰기가 그런 식이다. 맞춤법은 시간이 가면 정확해지지만, 우리의 의도를 제대로 반영하도록 단어들을 배열하는 데는 꽤 고단한 노력이 필요하다. 보통 글로 쓴 이야기는 사건의 거죽만 훑고 지나간다. 석양을 본 뒤, 나중에 일기를 쓸 때는 뭔가 적당한 것을 더듬더듬 찾아보다가 그냥 "아름다웠다"고만 적는다. 우리는 사실 그 이상이었다는 것을 알고 있다. 그러나 그 이상은 글로 고정시킬 수가 없어 곧 잊고 만다. 우리는 오늘 일어났던 일들을 붙들어두고 싶어한다. 그래서 어디에 갔고 무엇을 보았는지 목록을 작성한다. 그러나 다 적고 펜을 내려놓을 때면 우리가 묘사하지 못한 것, 덧없이 사라지고 만 것이 있다는 사실을 깨닫는다. 그리고 그 사라져버린 것이 하루의 진실의 열쇠를 쥐고 있을지도 모른다고 생각한다.

삶을 붙잡아두는 데는 감각 경험을 충실하게 기록하는 것 이상이 필요하다. 우리가 보는 것을 나열한 자료는 예술이 되지 못한다. 오직 선별을 할 때에만, 선택과 생각이 적용될 때에만 사물들이 자연스러워 보일 수 있다. 버지니아 울프는 1915년 2월 15일에 자신에게 일어났던 일을 일기에 이렇게 적었다.

오늘 오후에 레너드[남편]와 나 둘 다 런던에 갔다. 레너드는 도서관에 갔고, 나는 웨스트 엔드를 돌아다니며 옷을 골랐다. 나는 정말 누더기를 입고 다닌다. 나이가 드니까 고급 상점을 덜 무서워하게 된다. 데븐햄과 마셜즈를 쓸고 다녔다. 그런 뒤에 차를 마시고, 어두울 때 차링 크로스까지 천천히 걸어내려가며 써야 할 구절과 사건들을 궁리했다. 이러다가 명대로 못 살고 죽지 싶다. 10파운드 11페니짜리 파란 드레스를 샀다. 지금 그 속에 앉아 있다.

왜 이 이야기는 제대로 된 것인지, 왜 이 이야기에서는 삶이 빠져나가지 않았는지 말하는 것은 쉽지 않다. 울프는 그냥 딱 맞는 세목들을 골라낸 것 같다. 어디에서 그것을 찾아야 하는지 알았던 것이다. 고급 상점들에 관한 고백이 주는 어떤 느낌, 차링 크로스 로드에서 떠오른 엉뚱한 생각, "지금 그 속에 앉아 있다"는 구절에서 느껴지는 친밀함…….

다른 사람들이 쓴 책을 읽다 보면 역설적으로 나 혼자

파악하려고 할 때보다 우리 자신의 삶에 대해서 더 많은 것을 알게 된다. 다른 사람의 책에 있는 말을 읽다 보면 전보다 더 생생한 느낌으로 우리가 누구인지, 우리의 세계는 어떠한지를 돌아보게 된다. 예를 들면 젊은 시절 짝사랑이 무엇인지 나에게 가르쳐준 사람은 괴테의 '젊은 베르테르'이고, 정치가나 광고업자의 헛배운 어리석음을 보게 해준 사람은 플로베르의 오메(『마담 보바리』의 등장인물/역주)이다. 내가 질투심에 무너질 때 어떤 일이 일어나는지 어느 정도 이해할 수 있는 것은 프루스트의 고통스러운 구절들 덕분이다.

그러나 위대한 책의 가치는 우리 자신의 삶에서 경험하는 것과 비슷한 감정이나 사람들의 묘사에 국한되지 않는다. 우리가 할 수 있는 것보다 이들을 **훨씬 더 잘** 묘사하는 능력 또한 중요하다. 독자가 읽다가 이것이 **바로 내가 느꼈지만 말로 표현을 못하던** 것이라고 무릎을 쳐야 하는 것이다.

예를 들면 우리가 아는 사람 가운데도 프루스트가 꾸며낸 인물인 게르망트 공작부인과 비슷한 여자가 있을 수 있다. 우리는 그 여자에게 어딘가 오만하고 무례한 구석이 있다고 막연하게 느끼고 있다. 그러나 그것이 정확히 무엇인지는 모른다. 그러다가 책에서 게르망트 공작부인이 멋진 저녁식사를 하는 장면과 마주친다. 함께 식사를 하던 갈라르동 부인은 오리안 드 롬이라고도 알려진 공작부인의 이름을 부른다. 너무 허물없이 구는 실수를 한 것이다. 그 순간 프루스트는 공작부인의 반응을 신중하게 괄호 안에 넣어 보여주는데, 이 순간 우리는 우리가 알던 그 여자에게 막연하게 느끼던 것의 핵심을 보게 된다.

"오리안"(즉시 드 롬 부인은 즐거우면서도 놀란 표정으로 눈에 보이지도 않는 제3자 쪽을 바라보았다. 그녀는 그 제3자를 증인으로 세워 갈라르동 부인에게 자신의 이름을 부를 권한을 준 적이 없다는 사실을 분명히 확인하는 것 같았다)……

이런 희미한, 그럼에도 치명적인 떨림을 포착하는 데에 모든 관심을 쏟는 책을 읽다 보면, 그 책을 내려놓고 다시 일상으로 돌아간 뒤에도 작가가 우리와 함께 있다면 반응을 보였을 만한 일에 관심을 가지게 된다. 우리의 정신은 새로 조율된 레이더처럼 의식을 떠다니는 어떤 대상들을 포착한다. 마치 조용한 방에 라디오를 가져다놓는 것과 같다. 그때 비로소 우리는 정적은 어떤 특정 주파수에서만 존재했던 것일 뿐, 그동안 쭉 우크라이나 방송국에서 쏜 음파나 소형 콜택시 회사가 야간에 주절거리는 소리가 방을 채우고 있었다는 사실을 깨닫게 된다. 이와 마찬가지로 이제 우리는 전에는 지나쳤던 것들에 관심을 가지게 될 것이다. 하늘의 음영에, 한 사람의 얼굴의 변화무쌍함에, 친구의 위선에, 이전에는 우리가 슬픔을 느낄 것이라고 생각하지도 못했던 상황으로부터 밀려오는 축축하게 가라앉은 슬픔에.

희극

1

1831년 여름 프랑스의 루이필리프 왕은 자신만만했다. 1년 전 그가 권좌에 오르는 계기가 되었던 7월혁명의 정치적, 경제적 혼란은 사라지고 번영과 질서가 찾아오고 있었다. 그에게는 카시미르 페리에 총리가 이끄는 유능한 관리들이 있었다. 그는 자신의 영토의 북부와 동부를 여행했으며, 지방의 중간 계급들로부터 영웅으로 환영을 받았다. 그는 파리의 팔레루아얄에서 호화롭게 살았다. 매주 그를 모시는 연회가 열렸다. 그는 먹는 것을 좋아했다(특히 푸아그라와 사냥해서 잡은 고기를 좋아했다). 또 엄청난 개인 재산과 사랑하는 처자식이 있었다.

그러나 루이필리프의 평온을 흔드는 일이 한 가지 있었다. 1830년 말, 샤를 필리퐁이라는 이름의 스물여덟 살짜리 무명 화가가 『라 카리카튀르*La Caricature*』라는 풍자 잡지를 발간하여, 루이필리프가 부패와 무능의 상징이라고 비난하면서 왕의 얼굴을 배 모양으로 그려놓은 것이다. 필리퐁의 만화가 왕의 불룩한 뺨과 구근 같은 이마를 고약하게 암시한 것도 물론 심각했다. 그러나 더 문제가 커졌던 것은 프랑스어에서 배를 뜻하는 푸아르poire에는 바보나 얼간이라는 뜻도 있었기 때문이다. 필리퐁은 결코 정중하다고 할 수 없는 태도로 루이필리프의 행정 능력을 비아냥거렸던 셈이다.

왕은 격분했다. 그는 부하들에게 잡지의 제작을 막고 파리의 가판대에 나온 잡지를 모두 사들이라고 명령했다. 그래도 필리퐁을 막을 수 없었다. 그러자 1831년 11월 이 풍자 만화가는 "왕의 인격을 모욕했다"는 혐의로 고발되어 파리 법정에 출두하라는 명령을 받게 되었다. 필리퐁은 만원을 이룬 법정에서 검사에게 자신과 같은 위험한 사람을 기소해주어 고맙다고 인사를 한 뒤, 정부가 왕을 비방하는 사람을 잡아들이는 일을 게을리하고 있다고 지적했다. 정부는 배 모양으로 생긴 모든 것을 체포해야 하며, 나아가 배 자체도 밖으로 나돌지 못하게 해야 한다. 프랑스에는 배나무가 수천 그루 있으니, 거기서 열리는 열매를 모두 투옥해야 마땅하다. 그러나 재판부는 필리퐁의 조롱을 반기지 않았다. 필리퐁은 6개월형을 선고받고 감옥에 갔다. 이듬해 새 잡지 『르 샤리바리*Le Charivari*』에서 다시 배 농담을 했을 때는 바로 투옥되었다. 결국 필리퐁은 왕을 배로 묘사한 죄로 총 2년을 감옥에서 보내야 했다.

2

만일 유머가 단지 장난에 불과하다면 루이필리프는 그런 식의 반응을 보이지 않았을 것이다. 그가 인식한 대로, 농 담은 비판의 한 방법이다. 오만, 잔혹, 허세 등 미덕과 양 식으로부터 벗어난 것들을 비판하는 방법인 것이다.

농담이 비판에 특별히 효과적인 것은, 겉으로는 즐거움 만 주는 것처럼 보이면서 은근히 교훈을 전달하기 때문이 다. 만화는 권력 남용을 비판하는 설교를 할 필요가 없다. 우리는 만화를 보면서 낄낄거리다가 어느새 만화의 권위 비판이 적절하다고 인정하게 된다.

나아가서 비록 필리퐁이 징역형을 받기는 했지만, 농담 은 겉으로는 순진해 보이기 때문에 위험하거나 직접 말하 기 힘든 메시지를 전달할 수 있다. 역사적으로 볼 때 궁정에서 왕에게 직접 이야기하기 힘든 심각한 사안들을 적절하게 전달할 수 있었던 사람은 어릿광대였다(부패로 악명 높은 성직자들을 관리하던 잉글랜드의 제임스 1세가 말 한 마리를 살찌우지 못해서 고민하자, 조정의 어릿광대인 아치볼드 암스트롱은 그 말을 주교로 임명하기만 하면 금방 살이 찔 것이라고 말했다고 한다).

흔히 말하듯이, 높은 자리에 있다고 해서 모두가 희극적인 대접을 받는 것은 아니다. 우리는 중요한 외과 수술을 하는 의사를 비웃지 않는다. 그러나 수술을 끝낸 뒤 집으로 돌아가서 거만하게 의학적 은어로 부인과 딸들을 으르는 의사는 비웃을 수 있다. 우리는 지나치고 어울리지 않는 것을 비웃는다. 자신을 과대평가하는 왕, 능력이 권력을 따라가지 못하는 왕을 비웃는다. 인간적 본성을 잊고 특권을 남용하는 높은 지위의 권력자들을 비웃는다. 우리는 비웃고, 비웃음을 통해서 불의와 과잉을 비판한다.

따라서 웃음은 최고의 익살꾼의 손에 쥐어지면 도덕적 의미를 획득하며, 농담은 다른 사람들에게 성격과 습관을 바꾸도록 촉구하는 수단이 된다. 농담은 정치적 이상을 표현하는 방법, 더 공정하고 더 멀쩡한 세상을 창조하는 방법이다. 새뮤얼 존슨이 말했듯이 풍자는 "악이나 어리석음을 비난하는" 여러 방법들 중 하나일 뿐이지만, 매우 효과적인 방법이기도 하다. 존 드라이든의 말을 빌리면, "풍자의 진정한 목적은 악의 교정"이다.

3

유머는 높은 지위에 있는 다른 사람들을 공격하는 데에 유용한 도구일 뿐만 아니라, 우리 자신의 지위에 대한 불안을 이해하고 조절하는 데도 도움을 준다.

우리가 우습게 생각하는 많은 것들은 사실 일상생활에서 직접 겪게 되면 당황하거나 창피해할 수 있는 상황이나 감정이기도 하다. 가장 위대한 만화가들은 환한 대낮에는 차마 살펴볼 수 없는 약한 부분을 짚어낸다. 그들은 우리가 혼자만 알고 있다고 생각하는 아주 어색한 측면들을 드러낸다. 걱정이 은밀하고 강렬할수록 웃음의 가능성도 커지며, 이때 웃음은 말로 표현할 수 없는 것을 꼬챙이에 꿰어내는 솜씨에 바치는 찬사가 된다.

따라서 당연한 일이지만, 유머 가운데 많은 부분은 지위에 대한 불안에 이름을 붙이고, 그럼으로써 그것을 억제하려는 시도이다. 우리는 그런 유머를 보고 들으면서 세상에는 나만큼이나 질투심 많고 사회적으로 허약한 사람들이 많다는 것을 확인하고, 나처럼 돈 문제로 고민하며 잠을 이루지 못하는 사람들이 많다는 사실을 확인하고, 나처럼 겉으로는 멀쩡한 표정을 짓지만 속으로는 약간 맛이 간 사람들이 많다는 사실을 확인하고 안심한다. 그러다 보면 나처럼 고통 받는 이웃들에게 손을 내밀고 싶은 마음도 생긴다.

　마음이 상냥한 만화가들은 지위로 인한 우리의 근심을 보고 우리를 조롱하는 것이 아니라 놀린다. 그들은 우리가 기본적으로 괜찮은 사람이라는 전제하에 우리를 비판한다. 그들의 교묘한 솜씨 덕분에 우리는 마음을 열고 웃음을 터뜨리며 우리 스스로에 관한 씁쓸한 진실을 받아들인다. 만일 그들이 다른 사람들처럼 우리를 비난했다면, 우리는 분노하거나 상처를 입고 움츠러들었을지도 모른다.

4

따라서 만화도 다른 예술과 더불어 19세기 영국의 평론가 매슈 아널드가 말하는 예술의 정의, 즉 삶의 비평을 제공하는 분야라는 정의를 부족함 없이 공유할 수 있다. 만화가들의 작업은 권력의 불의와 더불어 사회체제에서 우리보다 높은 곳에 있는 자들을 향한 우리의 지나친 선망도 교정하려고 한다. 만화도 비극과 마찬가지로 가장 딱하게 느껴지는 인간 조건에서부터 출발한다.

만화가들의 밑바닥에 깔린 무의식적 목표는 유머를 교묘하게 이용하여 그런 식으로 조롱할 일이 조금이라도 줄어드는 세상을 만드는 것인지도 모른다.

옮기고 나서

알랭 드 보통의 이 얇은 에세이집은 산문가로서 그의 자리를 확인해주는 책이다. 이 책은 펭귄 로고로 우리에게도 익숙한 펭귄 출판사가 창립 70주년을 기념하여 출간한 문인들 70명의 작품 선집들 가운데 한 권이기 때문이다. 드 보통은 70번째라는 상징적인 자리를 차지하며 이 명단에 이름을 올렸다. 비록 한 출판사에서 펴낸 작가들을 중심으로 모은 것이라고는 하나, 젊은 산문가로서 자신이 바로 이 책에서 인용하고 있는 플로베르나 울프와 나란히 그 명단에 올랐다는 것은 큰 영광일 것이다. 물론 드 보통을 아끼는 독자들에게도 기분 좋은 일일 수밖에 없다.

그러나 드 보통을 정말로 아끼는 독자라면 이 책이 70

권 가운데 끼었다는 사실이 확인해준 그의 외적인 자리 말고, 이 책 내용으로 확인할 수 있는 그의 내적인 자리에도 관심이 가지 않을 수 없을 것이다. 이 책에 실린 산문들은, 옮긴이가 확인할 수 있는 범위에서 말하자면, 대체로 전에 쓴 여러 책들에서 가져온 것이다. 물론 이런 식으로 기존에 쓴 글을 다양하게 골라 선집을 내는 것이 이 펭귄 시리즈의 의도이기도 할 것이다. 그러나 드 보통의 책은 그냥 있는 그대로 가져온 경우는 드물고, 대부분 글 한편 한편이 독립된 완결성을 가질 수 있도록 많든 적든 다시 손을 보았다(뭐, 이런 것은 생존 작가의 특권이라고도 할 수 있겠다). 그렇다고 하더라도 만일 드 보통의 저작을 모두 읽은 독자라면 강렬한 기시감―방금 말했듯이 이 기시감은 물론 착각이 아니다―을 느낄 수밖에 없을 것이다.

이런 기시감과 더불어, 독자 자신이 처음 그 글을 읽었을 때 느꼈던 것들까지 되새기며 책장을 넘기다 보면 한 가지 궁금증이 떠오르게 된다. 도대체 어떤 글들을 어떤 기준으로 뽑은 것일까? 말하자면 어떻게 서 말의 구슬을 꿰었는지 관심을 가지게 된다는 것이다. 드 보통도 어언 출간한 책이 열 손가락을 다 채울 정도가 되어가므로, 그

많은 글들 중에서 이 책의 한자리를 차지한다는 것은 여간 치열한 경쟁을 거쳐야 하는 일이 아닐 것이다. 따라서 이 책에 실린 글들은 모두 저자가 직접 골라낸 말 그대로 주옥같은 글임은 분명할 터인데, 도대체 그 주옥들을 꿴 실은 무엇일까? 바로 이 점, 구슬 하나하나만이 아니라 그것들을 꿰고 있는 실에도 관심을 가지는 것, 즉 드 보통의 글이 그린 궤적과 현재 이른 자리를 짚어보는 것이야말로 이 책을 읽는 각별한 재미라고 할 수 있겠다.

그 실을 찾아들어가는 실마리야 독자마다 다를 것이다. 옮긴이의 경우를 예로 들자면, 일곱 번째 글인 "따분한 장소의 매력"이 하나의 실마리로 다가왔다. 이것이 드 보통의 고향 취리히 이야기라서 그렇기도 하지만, 『여행의 기술』이나 『불안』과 같은 이전의 책들과 연결되는 흐름이 눈에 띄었기 때문이기도 하다. 가령 『여행의 기술』에서 드 보통은 이 세상 밖이라면 어디든 좋다던 보들레르부터 자신의 방 안 여행으로 충분히 만족하던 드 메스트르까지 다양한 예를 들었다. 과연 드 보통 자신은 누구에게 가장 공감할까? 취리히를 다룬 글에서는 연인과 헤어지는 이유를 이야기하면서 상당히 강한 어조로 이렇게 말하는 대목이

나온다. "나는 자신의 내부가 흥미로워 굳이 도시까지 '흥미롭기'를 바라지 않는 사람을 원했다. 정열의 샘에 늘 가까이 있어 도시가 '재미'없다고 해도 상관하지 않을 사람을 원했다." 이 정도면 그의 속내가 어느 정도 짐작이 가지 않을까.

또 『불안』은 드 보통이 사회적인 문제로 시야를 넓히면서 자본주의 사회에서 개인이 지위와 관련하여 느끼는 불안을 설명하고 그 해결책을 나름대로 제시했다. 과연 드 보통이 생각하는 이상적인 사회적 존재는 어떤 것일까? 방금 거론했던 글에서는 네덜란드의 화가 피테르 데 호흐의 그림을 이야기하면서 다음과 같이 그 장점을 평하는 대목이 나온다. "그러나 호흐의 세계에서 부르주아는 소박하지만 매력적인 옷을 입고, 너무 천박하지도 않고 또 너무 허세를 부리지도 않고, 자식들과 자연스러운 관계를 맺고, 방탕한 상태로 빠지지 않으면서도 감각적 기쁨들을 인정한다. 꼭 아리스토텔레스가 말하는 중용의 화신 같다." 이 정도면 그의 생각을 어느 정도 짐작할 수 있지 않을까.

이런 식으로 실마리를 따라가며 실 전체의 윤곽을 짚어

보는 것이, 책 한 권이 아니라 작가를 알아가는 것이 옮긴 이에게는 큰 즐거움이었으며, 아마 독자들에게도 계절을 잊을 만한 즐거움이 될 것이라고 믿는다. 물론 이 책은 드 보통을 처음 접한 사람에게도 그의 여러 책으로 나아갈 수 있는 관문 역할을 해줄 것이다. 이래저래 이 책은 드 보통이 독자들에게 선사한, 작아 보이지만 꽤 푸짐한 선물이라는 느낌이다.

역자 정영목